행복이 이글이글

행복이

홍대선

이글이글

에디치

"이 길이 아마도, 행복으로 가는 길이라 믿는 채로."

추천의 말

나는 대한민국 최고의 야구팀! 한화이글스의 응원단장이다. 최고 팀이라니, 야구를 모르고 순위만 아는 사람들은, 꼴찌를 여러 번 했고 마지막 우승이 20세기라며 비웃을지도 모르겠지만…. 이글스 팬들은 야구와 한화이글스 그 자체를 즐기고, 매 경기 열정적인 응원을 보내준다. 영국 축구팀 아스날을 응원하던 작가 닉 혼비가 그랬다지. '축구팬에게 이혼은 가능하지만 재혼은 불가능하다'고. 만년 하위권이라도 이것이 나의 팀, 우리 팀이다.

　나는 인생의 희노애락을 이글스에서 배웠다. 10연패를 해도, 아니 18연패를 해도, 그 연패를 끊는 순간 우리는 열광한다. 언젠가 독수리가 비상할 걸 알기에…. 이글스 팬으로 사는 마음이 한가득인《행복이 이글이글》홍대선 작가도 그랬나보다. 읽다가 깜짝깜짝 놀랐다. 아니, 이거 내 일기장 같은데…! 내 마음을 세상에 내보내게 생겼다. 강추다!

　ㅡ홍창화(한화이글스 응원단장)

"오늘 이긴 소감을 한말씀 해주세요."

"이길 줄 몰랐어서 준비를 못했는데요."

"괜찮아유! 다음에 이기면 하세요."

야구, 허구한 날 이기면 뭔 재미로 보는겨?! 게다가 맨날 이기는 팀은 내가 끼어들 틈이 없잖여. 감독도 잘해, 공격도 잘해, 수비도 잘해… 뭐야, 그럼 당연히 이기는 거지.

감독, 지금 뭐하는 거야! 아니, 왜 쟤는 공을 안 기다리고! 타순도 좀 바꾸라고! 아이구, 수비수 쟈는 왜 또 공을 1루로 던지는겨, 2루에 먼저 던져야지…. 간섭하는 맛, 훈수 두는 맛, 참견하는 맛! 그렇게 쪼우는 맛이 있어야지! 그러다 안 되는 줄 알았는데 한 번 이겨 봐라. 얼마나 기억에 남는지…!

쫌 진다고 이리저리 구단을 바꿀 수는 없는겨! 그건 배신이야, 배신! 한번 한화는 영원한 한화. 지던지 이기던지 행복한 팀은 우리 말고 또 없을 거라고.

한화 한화 이글 이글 파이팅!

ㅡ최양락(평생 이글스 팬, 웃기고 울리는 희극인)

행복의 비밀

TV에서 야구 시합이 중계되는 21세기의 어느 평범한 저녁. 화면에 한화이글스의 최근 연패 기록이 지나간다. 어제까지 8연패. 10개 구단의 순위표도 지나간다. 꼴찌다. 한화이글스 선수들의 얼굴은 비장하다. 여기서 더 지면 프로팀이라고 할 수 없다. 사실 지금도 좀 애매하긴 하다. 프로야구가 원화나 달러라면 한화이글스는 전자화폐인지도 모른다. 전자구단이나 유사 야구단으로 불려도 따질 수 있을지 장담할 수 없다.

　대전 한화생명 이글스파크 관중석은 홈팬들의 함성으로 가득하다. 한화 팬들은 3연패, 4연패 따위에 흔들리지 않는다. 밥과 김치에 흔들리는 한국인이 없는 것과 같은 이치다. 5연패 후에는 관중석이 황량해진다. 일종의 시위다. 하지만 8연패쯤 하면 이야기가 달라진다. 더 지면 안 된다는 마음으로 선수단과 팬이 하나가 된다.

나머지 9개 구단의 야구팬들은 물론 캐스터와 해설자까지도 한화이글스를 응원한다. 한화이글스에 관해서라면 야구는 더이상 승부가 아니다. 일방적인 학폭, 아니 야폭(야구폭력)이다. 사람들은 승부를 보고 싶어 하지 쓰러진 사람을 계속해서 밟는 가해 현장을 즐기지 않는다. 이건 공감 능력과 사회성의 문제다. 더 나아가 인류애 차원의 문제일 수도 있다. 중병에 걸린 사람이 병상에서 일어나면 박수를 보내야 하는 법이다. 세상이 한 팀에게 이렇게 잔인해서는 못 쓴다. 야구를 보는 애들 교육에도 안 좋다.

　　마침내 2점 앞선 9회 초, 마지막 수비 이닝. 상대 주자 만루지만, 아웃 카운트 하나만 잡으면 되는 상황. 그라운드는 팽팽한 긴장감에 압도되어 시공간이 멈춘 것만 같다. 한화 투수의 얼굴에는 그 어느 때보다도 무거운 비장함이 흐른다. 마침내 던지는 결정구! 이 승부의 끝은 어디인가. 그래도 세상은 살아갈 만한 희망이 남아 있는 곳인가, 아니면 약육강식만이 진리인 냉혹한 정글인가?

　　타자 크게 스윙! 타구가 크게 뻗는 듯하더니, 이내 꺾여서 힘없이 내려온다. 평범한 외야 플라이다. 관중석의 홈팬들은 일순간 남북 이산가족 상봉 직전의 표정이 된다. 버스 문이 열리면 수십 년 전 포화 속에서 잃어버린 동생이 내릴 것인가. 캐스터의 흥분한 목소리에는 벌써 감동이 배어 있다.

　　캐스터: 공 떴어요!
　　해설자: 아 네, 떴습니다. 됐어요.
　　캐스터: 좌익수가 천천히 내려옵니다. 지옥 같은 8연패를 끊는 마지막 아웃 카운트… 아아, 이게 웬일인가요 공을 놓쳤습니다!
　　해설: (탄식) 아….
　　캐스터: 3루 주자 홈인. 그리고 2루 주자는 3루에 멈, 아! 한화 공을 잃어버렸습니다! 공은 어디 있나요!
　　해설: 아 지금 3루수가 공을 받으려다가….
　　캐스터: 2루 주자 홈인! 공은 어디에!
　　해설: 혼자 쓰러진 거 같은데요.
　　캐스터: 1루 주자까지 홈인! 역전! 역전입니다!

어디선가 괴로운 비명 한 줄기가 아파트 단지를 관통하다가, 103동과 104동 사이를 오가는 메아리가 된다. "아악… 아악… 아악… 아악…"
　　저 소리에 안 좋은 사고가 난 건 아닌지 걱정하는 주민들이 있으리라. 하지만 나는 안다. 비명의 주인공이 또 하나의 이글스 팬임을. 아아, 방금 전국의 이글스 팬이 얼마나 많은 비명을 밤공기에 아로새겼을 것인가. 띠링, 하고 채팅 알림음이 울린다. 몇 명의 이글스 팬이 서식하는 대화방이다. 말풍선의 내용은 시합을 충실히 반영하고 있다.

'꼴찌 탈출 꿈 오늘부로 접습니다.'
'우리한테 꿈이요? 그런 게 있었나요?'

3루수는 혼자서 발을 헛디뎌 쓰러진 채 그라운드에 고개를 박고 미동도 없다. 보통 선수가 시합 중에 쓰러지면 괜찮은지 보기 위해 동료들이 달려간다. 그러나 3루수는 외로이 방치되어 있다. 누구 하나 일으켜 세워주는 동료가 없다. 동료도 알고 팬도 안다. 그는 다쳐서가 아니라 차마 고개를 들 수 없어서 누워있다는 사실을.

　동료 팬의 짐승 같은 울부짖음을 듣고 나는 영혼 없는 좀비처럼 일어난다. 9회 말을 제정신으로 볼 자신이 없다. 편의점에 가는 길. 동네 아저씨 한 분이 슬리퍼 차림으로 담배를 피우며 땅이 꺼져라, 흰 연기를 내뿜는다. 분노, 체념, 절망, 회한, 현실 부정이 모두 담긴 깊은 연못 같은 얼굴을 보면 누구라도 그의 일진이 몹시 나빴다고 생각하리라. 하지만 나는 안다. 그가

13

또 다른 한화이글스 팬임을.

편의점에서 소주를 사지만 어떤 안주를 먹어야 할지는 모른다. 아니 애초에 안주 생각이 나지 않는다. 집에 돌아와 소주병을 딴다. 깡소주의 쓴맛과 함께 9회 말 점수 없이 쓰리아웃, 한화이글스의 9연패가 확정된다. TV를 끌 겨를도 없다. 머릿속에 밀려드는 번뇌에 맞서기 바쁘다. 한화이글스는 어떻게 저 정도로 못할 수 있는가. 저런 걸 야구라고 할 수 있는가. 그렇다면 야구란 과연 무엇인가. 중계가 끝나고 CM송이 흘러나온다. 커피소년의 〈행복의 주문〉이다. 모 캐피탈 광고로 유명해졌다.

"행복해져라 행복해져라~"

나는 어째서 한화이글스 팬인가. 나는 왜 야구를 보는가.

"행복해져라 행복해져라~"

난 누군가. 또 여긴 어딘가. 저 멀리서 누가 날 부르고 있다.[*]

"행복해져라 행복해져라~"

나는 왜 사는가. 나는 우연히 삶을 방문했다.[**] 삶

[*] 듀스, 〈우리는〉 중.
[**] 심보선, 〈지금 여기〉 중.

은 어떤 여행지인가.

"행복해져라 행복해져라~"

행복해지는 순간이 없지는 않다. 가령 2024년 시즌의 초반, 어쩐 일인지 7연승을 달리며 짧게나마 1위를 지킬 때 팬들은 고산병에 걸렸다. 한국 프로야구에서 고산병이란, 만년 하위팀의 순위가 아득하게 올라갔을 때 팬들이 정신을 못 차리고 감히 마음에 우승을 품는 병을 말한다. 하지만 더 큰 기적이 기다리고 있었다. 한화이글스는 한 시즌에 1위부터 꼴찌인 10위까지 모든 순위를 차지하는 진기록을 세웠다. 평지로 데굴데굴 굴러 내려와 뇌에 산소가 정상적으로 공급되자 비로소 현실을 자각한다. 고개를 들어 산 정상을 바라보니 아득하기만 하다.

아득한 행복의 뒤에 숨겨진 비밀은 무엇인가.

대관절 어떤 비밀이기에 나를 환상에 병들게 하고는 잔인한 현실로 내쫓는가.

어김없이 솟아오른 오늘의 태양처럼, 오늘도 주황색 행복이 이글이글 타오른다.

행복해질 운명

중력의 법칙

1992년, 대한민국에는 휴거 소동이 있었다. 다미선교회라는 기독교 계열의 사이비 종파에서 일어난 일인데, 이장림이라는 교주가 1992년 10월 28일에 휴거가 일어난다고 신도들을 세뇌했다. 휴거란 예수가 재림할 때, 즉 '저리로서 산 자와 죽은 자를 심판하러' 오실 때 선택받은 사람들만 천국으로 올라가는 현상을 말한다.

광장한 일이 아닐 수 없다. 죽은 다음에 영혼이 심판받아 천국행이든 지옥행이든 열차표를 발급받는 게 아니다. 산 채로 곧장 천국에 올라간다는 거다. 이 엄청난 지름길 앞에서 우리는 고민하지 않을 수 없다. 하나님은 전능하니까 중력의 법칙을 가지고 놀 수 있다고 치자. 그런데 사람은 전능하지 않다. 선택받은 김에 어디까지 올라간단 말인가? 성층권인가, 아니면 우주 공간인가? 일단 성층권 바로 아래 기온은 영하 50도다. 사람은 얼어 죽는다. 선택받은 사람들은 꼭 거위털 잠바와 내복을 챙겨야 한다. 이 추위를 버텨내고 성층권에 진입하면 위로 올라갈수록 온도가 오르는데, 결국엔 지상의 온도와 비슷해진다. 딱 여기서 멈춰야 한다. 더 올라가면 지구의 중력과 영원히 안녕이다. 우주 미아가 된다.

그러므로 이장림 목사에 따르면 천국은 성층권 윗부분에 있는 것이 틀림없다. 거기서 사람이 어떻게 걸어다니며 행복을 추구할지는 하나님에게 맡기도록 하자. 하지만 1992년 10월 28일, 국내는 물론 외국 방송사까지 들이민 카메라 앞에서 휴거는 일어나지 않았다. 그들은 앞으로 고생할 인류를 내버려두고 자기들만 행복해지려고 했지만, 자신들을 제외한 전 세계를 웃겼다. 결과적으로는 인류에 큰 공헌을 한 셈이다. 하루에 15초씩 웃으면 수명이 이틀 연장된다고 한다. 이장림과 다미선교회 신도들 덕에 늘어난 인류 수명의 총합은 엄청날 것이다. 그들 덕분에 헐레벌떡 뛰어온 자녀에게 아슬아슬하게 유언을 남기는 데 성공하고 돌아가신 분들도 수십 명은 될 것이다. 아프리카에 열 명, 일본에 세 명 하는 식으로 말이다.

적어도 야구팬은 다미선교회 신도들을 조롱할 자격이 없다. 야구팬은 매일 같이 이길 줄 알고 야구를 본다. 그 결과 매일 같이 선수들의 실수와 감독의 멍청한 판단,

시합 결과에 격분한다. 그중에서도 다미선교회 신도들과 가장 비슷한 이들은 바로 나와 같은 한화이글스 팬이다. 한화이글스 팬이 우승을 기다리는 거나, 중고등학교 과학 수업을 까먹은 사람들이 휴거를 기다리는 거나 결과는 비슷하다. 사실 시합을 보는 행위 자체가 지나치게 낙천적이라고 할 수 있다.

"오늘은 이기겠쥬."

아니다. 오늘도 진다.

다미선교회와 한화이글스의 비교를 과장이라고 생각할 분들을, 구체적 사실로 엄격히 다루도록 하겠다. 이 책은 냉철한 인문학적 사유로 쓰였기 때문이다.

한화의 2012년 슬로건은 'Eagles, Fly High!(독수리여, 높이 날아라!)'였다. 그러나 휴거는 일어나지 않았다. 독수리는 가장 낮게 날았고 이글스는 꼴찌를 기록했다.

2013년의 슬로건은 '독수리여! 투혼을 불태워라!'였다. 이 해에 한화는 개막전부터 지기 시작해 개막 13연패라는 대기록을 세웠다. 투혼이 아니라 다른 팀들의 승률이 불탔다. 한화가 너무 많이 지는 바람에 승률 인플레이션 현상이 일어났다. 통상적으로 가을야구는 승률 5할 이상인 팀들이 나서기 마련이다. 하지만 이 해는 너도나도 5할 승률을 기록하는 바람에 포스트

시즌 진출 기준이 혼탁해졌다.

2014년 슬로건은 '독수리여 깨어나라!'였다. 독수리는 계속 자기만 했는데, 아마도 잠만 자다가 죽은 모양이다. 경기당 평균 6.35점을 실점했는데 역대 한국 프로야구팀 중 가장 나쁜 기록이다.

2015년 슬로건은 '불꽃 한화! 투혼 이글스!'였다. 10개 팀 중 6위를 기록했다. 이 정도면 발끝이 땅에서 조금 떨어졌다고 할 수 있다.

2016년은 '나는 이글스다—순간을 지배하라'였는데, 한 단계 내려간 7위였다. 발끝이 다시 땅에 닿은 셈이다.

2017년은 '나는 이글스—함성으로 물들어라'였는데 8위로 뒤꿈치까지 바닥에 닿았다.

2018년에는 정말로 휴거가 일어나는 듯했다. 무려 정규시즌 3위에 등극한 것이다! 비록 포스트시즌에서 힘 한 번 못 쓰고 주저앉긴 했지만 어쨌거나 3위다. 이게 웬일이란 말인가.

그래서 2019년은 'Bring it! 끝까지 승부하라'였다. 포스트시즌에서도 결과를 내겠다는 의지가 읽힌다. 하지만 매 경기 끝까지 승부하다 지기를 반복했다. 시즌 내내 승부한 끝에 확인된 결과는 9위였다. 휴거는 추락으로 끝났다.

2020년의 팀 슬로건은 퍽 길다.

Fan the Flames! 열정을 불태워라! 팬들이 우리의 불꽃이다!

세 문장이나 되는 긴 슬로건에 알맞게 긴 연패를 달성했다. 무려 18연패로, 삼미 슈퍼스타즈와 타이기록이다. 한화의 2020년을 목도하기 전까지 모든 야구팬은 18연패가 오직 삼미에만 가능한 불멸의 기록임을 의심치 않았을 것이다.

2021년 슬로건은 불길했다. 'This is our way', 그러니까 '이것이 우리의 방식이다'였다. 역시나 한화이글스의 방식대로 꼴찌를 기록했다.

2022년은 'Our time has come'이었다. '우리의 시간이 왔다'는 말 그대로 꼴찌의 시간이 왔다.

2023년은 'The only way is up(유일한 길은 올라가는 것뿐)'이다. 올라가는 데 실패하면서 '유일한 길'마저 사라진 셈이 됐다.

2024년의 슬로건은 'Different us'다. '지금까지와 다른 우리'라는 뜻처럼 시즌 첫 여덟 경기에서 7승 1패를 거두며 압도적인 1위에 올랐다. 그러나 중력의 법칙을 충실히 따른 결과 한 달만에 꼴찌 경쟁에 뛰어들었다. 하긴 '시즌 초와 다른 우리'도 '다른 우리'이기는 마찬가지다.

　이렇게까지 설명했는데 한화이글스 응원과 휴거 소동이 닮은꼴임을 인정하지 않는다면 건전한 대화 상대로 간주할 수 없다. 매일 같이 야구를 보는 한화이글스 팬은 지극히 종교적인 인간이라는 사실을, 이제 우리는 고개 숙여 인정해야 한다.

　한화이글스의 별명이 '치킨'의 줄임말인 '칰'인 이유가 단지 야구를 못해서만은 아니다. 닭고기는 소화가 잘되고 맛있는 영양식이다. 미국과 유럽에서는 엄마가 감기에 걸린 자녀를 위해 치킨 수프를 끓여준다. 한화이글스는 한국의 야구팀이므로 삼계탕이라고 할 수 있다. 다른 팀 팬들은 한화이글스 선수들의 창의적인 에러를 보고 웃음을 터뜨린다. 그들의 수명은 오늘도 늘어나고 있다. 한화이글스와 만난 팀들은 삼계탕을 먹고 힘을 내서 순위가 올라간다.

　빛이 있으면 그늘도 있는 법. 문제는 웃을 수 없는 한화이글스 팬들이다. 닭이 그렇게 맛있단 말인가. 양계장에 갇힌 닭에게는 삼계탕이 되기 위해 육수에 다이빙하느냐, 후라이드가 되기 위해 기름에 다이빙하느냐의 선택밖에 없단 말인가. 햄릿을 떠올리며 '삶아질 것인가 튀겨질 것인가, 그것이 문제(To be boiled or fried, that is the question)'라고 물어야 하는가.

닭도 하늘을 보며 날고 싶어 하지 않을까, 하는 생각은 하지 못한단 말인가. 공감 능력은 어디에 갖다 팔았단 말인가. 그렇게 악착같이 이겨야 한단 말인가. 사람이 살다 보면 실수도 할 수 있는 거 아닌가. 한화이글스 야수들이 에러 좀 했다고 꼭 그렇게 잘 걸렸다는 듯이 점수를 내야 할 일인가. 동업자 정신은 집에 놓고 나왔단 말인가. 비정한 승부의 세계를 목격하고 몸서리치는 어린이들에게 미안하지도 않은가. 한화이글스의 홈구장인 대전 한화생명 이글스파크로 들어가는 골목의 노점에서 파는 후라이드 치킨을 보고 '이것은 한 샐러리맨의 자살을 암시하는 고도의 설치미술'이라는 생각에 미묘한 감정을 느끼게 해야만 하는가. 좀 봐주면 안 되나. 이렇게 또 번뇌가 밀려온다.

번뇌가 밀려왔으므로 번뇌를 밀어내야 한다. 한화이글스 팬들은 각자 자신만의 참선과 수행으로 단련하는 종교인이다. 좋게 생각해야 한다. 한화이글스 팬만큼 좋게 생각하는 데 특화된 인간들은 없다. 그렇지 않으면 야구를 보며 살아갈 수 없기 때문이다. 생각해보니 이글스 팬들도 웃기는 한다. 프로답지 않은 선수들의 플레이를 보고 어이가 없어서 풀린 눈으로 힘없이 웃지만, 그것도 따지고 보면 웃음이다.

한화이글스를 좋게 생각해야 할 또 다른 중차대한 이유가 있다. 마스코트를 보면 한화이글스의 '이글스'는 어떻게 봐도 미국의 국조인 흰머리수리다. 그렇게 생긴 독수리는 한국에 살지 않는다. 뭐, 야구는 원래 미국의 스포츠이긴 하다. 한국도 일본도 야구팀 이름과 디자인은 미국을 베끼다시피 했다. 하지만 주체성이 있어서 나쁠 건 없다. 아무리 미국이 패권국이라해도, 남의 나라 국조를 모셔와 마스코트로 삼는 행위는 과거 운동권 선배들에 따르면 '미 제국주의의 정신적 노예'나 할 짓이다. 무서운 흰머리수리가 몸에 좋은 삼계탕으로 변모해 영양가 높은 웃음과 승점을 제공하는 현상은, 인문학적으로 표현하면 '한국적 내재화'의 모범적 사례다. 케이칙(K-chic)과 비슷한 성공모델로는 대표적으로 케이팝(K-pop)이 있다.

세간에서는 한화이글스를 '행복 구단', 한화이글스의 플레이를 '행복 야구'라고 한다. 첫째 상대팀과 상대팀 팬들에게 행복을 준다. 둘째 한화이글스 팬들조차 웃으면서 응원한다. 물론 승리를 포기한 자의 해탈한 웃음이지만 해탈도 행복이다. 국보 제78호인 금동미륵보살반가사유상의 웃음을 보라. 남을 이겨서 얻는 이기적인 즐거움에 환호성을 지르는 자들의 얼굴에 비해 얼마나 우아한가? 범속한 자들의 얄팍한 웃음을 등지고 나는 철학적 사유를 시작한다. 나의 고급스러운 행복은 언제 어디서 시작되었는지….

운명은 귀머거리다

한화이글스는 야구팀이다.

한화이글스는 공격을 못한다.

한화이글스는 수비를 못한다.

한화이글스는 승리를 못한다.

한화이글스는 야구를 못하는 야구팀이다.

세상에 그런 야구팀이 있지 말라는 법은 없다. 하지만 그런 팀의 팬이 되어야 한다는 법은 더 없다. 이 문장을 쓰는 지금, 오늘은 우천 취소로 한화 경기가 없다. 패배할 일이 없는 편안한 하루를 보내는 중이다. 그렇다면 야구를 안 보면 그만이 아닌가. 하지만 우리는 슬프게도 야구를 하면 본다. 일종의 물리법칙으로, 자석의 음극과 양극이 서로를 끌어당기는 것처럼 한화이글스의 시합은 팬들을 끌어당긴다.

구슬픈 빗소리를 들으며 고찰한다. 야구를 못하기로 작정한 야구팀이란 어떤 존재인가? 그것은 점프를 못하는 고양이, 도둑에게 친절한 개, 나무에 오르지 않는 원숭이, 목이 짧은 기린 같은 존재가 아닌가. 이글스 팬의 특기를 살려 좋은 쪽으로 생각해본다. 야구를 못하는 야구팀은 사고를 치지 않는 고양이, 사람을 물지 않는 개, 과일을 훔치지 않는 원숭이, 목디스크에 시달릴 걱정이 없는 기린일 수도 있다.

위대한 철학자 바뤼흐 스피노자는 모든 결과에는 원인이 있다고 했다. 원인의 원인이 있고 그 원인의 원인이 있고…. 우리는 원인의 결과다. 그는 인과율의 철학자다. 스피노자의 관점에서 보자면 내가 야구에 의해 고통받는 결과엔 내가 한화이글스 팬이라는 원인이 있다. 그렇다면 나를 한화이글스 팬으로 만든 원인은 무엇인가.

한화이글스의 공식적인 연고지는 대전이지만 실제로는 충청도 전역이다. 나는 서울에서 태어나 자랐다. 아버지는 경기도 출신이시고 외가는 원래 이북 개성 집안이었다가 전쟁 중에 피난을 내려와 서울에 정착했다. 할머니가 할아버지에게 시집오기 전 충청도에서 나고 자라시긴 했지만, 경기도에서 사신 세월이 훨씬 길다. 나는 한화이글스 팬일 뿐 충청도와는 별다른 관련이 없다. 그런데 어째서 한화이글스 팬인가. 만년 꼴찌팀 팬으로 산다는 건 말하자면 1년의 절반을 감기나 치통에 시달리며 사는 것과 같은데 말이다.

행복은 1986년 서울시 관악구 봉천동 단독주택에서 시작되었다. 물론 내가 살던 집이다. 한화이글스는

1993년 11월에 그 해 시즌이 끝나고 바뀐 이름이고 원래의 팀명은 빙그레이글스였다. 식품기업인 빙그레는 원래 한화그룹의 계열사였는데, 창업주가 작고한 후 그룹을 물려받은 첫째(김승연 회장)와 갈등을 빚은 둘째가 빙그레의 경영권을 가지고 독립하면서 다른 회사가 되었다. 한화는 '한국화약'의 줄임말이다. 모기업이 만드는 제품이 달콤한 바나나 우유에서 사람 죽이는 무기로 바뀌었으니 엄청난 변화가 있는 것 같지만, 원래부터 이글스의 모기업은 한화였다. 이름이 바뀌었을 뿐 이글스는 언제나 제자리에 있었다.

한화그룹은 한국 프로야구 7번째 팀을 창단하면서 어린 팬들을 모집하기 위해 아이스크림과 과자를 만드는 빙그레를 이름으로 내세웠다. 웬만한 어른들은 이미 다른 팀의 팬이었으니까. 애들을 야구로 끌어들이기 위해서는 먼저 부모를 설득해야 한다. 빙그레이글스는 어린이회원이 되기로 신청하면 창단 기념 선물을 한아름 안겨주기로 약속하는 신문 광고를 뿌렸다. 어린이용 야구용품 완전구비 세트라는, 아주 거창한 이름의 선물이었지만 사실은 그냥 야구용품인 척하는 장난감이었다. 그러나 그 시절 봉천동에서 장난감이란 사치품이었다. 아버지의 눈에는 장난감값을 아끼고 큰소리도 칠 절호의 기회로 보였다. 어린이는 수없이

'왜'라는 질문을 던진다. 연년생 동생과 나는 어린이답게 '왜' 우리가 듣도 보도 못한 신생 야구팀의 회원이 돼야 하는지 물었다. 아버지는 아버지답게 대답했다.

"몰라도 돼."

아니 세상에 몰라도 되는 게 어딨단 말인가. 아버지는 어째서 두 아들을 야구팀에 팔아넘긴단 말인가. 그때까지 우리 형제는 야구 시합을 단 한 번도 처음부터 끝까지 본 적이 없다. 야구선수라고 하는 성격 나빠 보이는 아저씨들이 뉴스에 나오는 모습만 봤다. 왜 성격이 나빠 보였는가 하면, 승리 인터뷰를 하는 데도 표정이 밝기는커녕 무서웠기 때문이다. 왜 피부는 햇볕에 구릿빛으로 타고 눈매가 사나운 아저씨들을 응원해야 하는가. 왜 만화를 보는 대신 타자 아저씨가 헛스윙한 후 욕을 하거나 투수 아저씨가 홈런을 맞은 후 욕을 하는 모습을 봐야 하는가. 그 이유를 몰라도 된단 말인가.

우리는 인간의 물욕이 얼마나 강력한지 모르고 있었다. 인간의 본성을 깨닫는 데는 얼마 걸리지 않았다. 빙그레이글스에서 온 선물 보따리가 열리자 두 어린이의 눈이 휘둥그레졌다. 주황색 유니폼과 야구 장난감—스위치를 두르면 공이 튀어 올라서 스윙을 할 수 있는 플라스틱 배트, 비닐 재질 글러브 따위는 지금 기준에선 가소로운 물건들이지만 당시로 되돌아가면 동네 문

방구 수준을 한참 뛰어넘었다. 플라스틱 재질은 저급이었지만 돼지저금통의 그것과는 비교를 불허했다.

당시의 봉천동이란 건 흙과 시멘트와 각목과 먼지로 이루어진 동네였다. 그때 서울의 공기는 대기오염으로 인해 뿌옇거나 잿빛이었다. 대문 밖을 나서면 파리가 5만 마리쯤 모여 있는, 용접으로 이어붙인 철제 뚜껑이 반쯤 열린 시멘트 쓰레기통과 전봇대에 빨간색 라카로 '멸공'이라 쓰여 있었다. 그런 세계에서 주황색으로 번쩍이는 '어린이용 야구용품 완전구비 세트'는 외계에서 온 물건이나 다름없었다. '삐리리 삐삐'하는 소리를 내며 발사되는 무지개 광선총처럼 지구에 어울리지 않는 무엇이었다.

동생의 눈은 소유욕으로 광채를 내뿜었다. 번들거린다는 표현이 딱 어울릴 만큼 노골적으로 기름진 광채였다. 내 눈도 똑같았으리라. 물질 앞에 철학적 질문은 깨끗이 증발했다. 그렇다, 인간은 자본주의자로 태어난다. 나도 예외는 아니었다. 심장 박동수가 빨라진 가슴이 부풀어 올랐다. 제국주의 시절 신대륙과 아프리카에서 금광을 발견한 백인들의 마음이 그러했으리라. 그들에게도 나름의 인류애가 있었으리라. 하지만 번쩍이는 금을 보는 순간 흑인과 인디오에 대한 공감능력은 마비되었으리라.

1980년대 서울의 어지러운 난개발은 봉천동에까지 번져 있었다. 건축 자재들이 함부로 흩어져 방치돼 있던 덕에 우리는 놀잇감을 쉽게 구할 수 있었다. 분필의 재료가 되는 활석을 주워서 땅따먹기를 비롯한 다른 놀이를 위한 경계선을 그리곤 했다. 이런 거야 즐거운 마음으로 할 수 있다만, 팽이치기와 딱지치기는 비장한 분위기가 감돌았다. 팽이와 딱지, 즉 재물이 걸려 있었기 때문이다. 팽이와 딱지 따위에 목숨을 걸다니 서민들의 한심한 작태가 아닐 수 없었다. 빙그레이글스에서 선물을 받은 우리는 이미 귀족이었기 때문에 순식간에 오만해졌다.

　　동생과 나는 온몸을 주황색으로 무장한 채 배트, 글러브, 공을 들고 골목에 나타났다. 어린이용 유니폼의 가슴에는 한글로 자랑스러운 '빙그레이글스'가 새겨져 있었다. 귀족의 행차였다. 단 한 번의 행차만으로 우리는 봉천동 산동네에서 일약 스타덤에 올랐다. 아이들은 부러움 가득한 눈으로 우리를 우러러보았고 한 번만 배트를 휘두르게 해달라고 아우성쳤다. 빙그레이글스는 우리 형제를 골목의 지배자로 만들었다. 부와 권력, 그것은 몹시도 달콤한 맛이었다. 그 덕에 나는 옛날 유럽의 여왕이 마차를 타고 서민들에게 동전을 던져줄 때의 기분이 무엇인지 안다. 동정심이 아니다. 자아도취였을 거라고 장담한다. 재물의 힘은 과연 무섭다. 동네 아이들과의 계급 차이를 느낀 순간 우리는 빙그레이글스의 영원한 팬이 되고 말았다. 이글스는 창단 첫해에 꼴찌를 했지만, 곧 강팀이 되었다. 타자들이 지루할 틈 없이 상대 투수를 때려대 다득점을 올리는 '다이너마이트 타선'은 아이들의 취향에 꼭 들어맞았다. 빙그레이글스 선수들은 내 마음속에서 독수리 오형제를 밀어내고 영웅의 자리를 차지했다.

슬픈 일도 있었다. 내가 좋아하던 여자아이는 야구 장난감에 아무 관심도 없었다. 그녀의 관심사는 오직 줄넘기였다. 재물로 우월감을 살 순 있지만, 사랑을 살 순 없었다. 어째서 너는 나의 화려한 주황색 장난감에 아무 관심도 없었니. 오직 너에게라면 하루종일 빌려줄 수도 있고 심지어 아예 줄 수도 있는데…. 검은색 고무줄보다 훨씬 값비싼 걸 내가 가지고 있는데 어째서…. 세상을 다 가져도 한 사람의 마음을 얻지 못한다면 인간은 충만해질 수 없다는 사실을, 나는 너무 어린 나이에 깨닫고 말았다. 하지만 그때는 이글스가 영원히 재미와 긍지를 줄 줄로만 알았다. 문득 류시화 시인의 책 제목이 떠오른다. 지금 알고 있는 걸 그때도 알았더라면!

시간이 흘러 이글스는 치킨이 되고 창공을 가로지르던 날개는 맛있는 닭봉이 된 21세기의 어느 날. 그날도 동생과 나는 한화이글스 경기를 보며 고통에 몸부림치고 있었다. 선수들이 플레이를 펼칠 때마다 적에게 잡혀 고문당하는 비밀요원 같은 신음이 흘러나왔다. 아버지는 냉장고를 향해 지나가다가 문득 우리 앞에서 멈췄다. 이해할 수 없다는 얼굴로, 언젠가 한 번은 짚고 넘어갈 일이었다는 결기를 내비치며 아버지는 물으셨다. "너네는 왜 하필 그런 팀을 응원하냐?"

　　동생과 나는 할 말이 너무 많은 나머지 한마디도 할 수 없었다. 찰리 채플린은 말했다, 인생은 가까이서 보면 비극이지만 멀리서 보면 희극이라고. 이 희극적 비극의 창시자, 우리의 우라노스, 심심하면 번개로 사람을 처단하는 제우스, 바로 나의 아버지에게 그 옛날 두 아들을 한화이글스 창단 회원으로 만든 사건은 굳이 기억하기엔 너무 사소한 일이었던 것이다.

　　나는 수많은 감정을 억누르고 아버지의 방식대로 대답할 수밖에 없었다.

　　"몰라도 돼요."

행복한 구속

얼음 왕국의 사냥꾼

빙그레이글스 팬이 되고 난 후 나는 주황색에 대한 소속감이 생겼다. 주식회사 빙그레에 대해서도 물론이다. 그러나 무언가에 소속되는 일은 대가를 요구한다. 통과의례를 피할 수는 없다. 나만의 고독한 싸움을 시작했다. 빙그레이글스의 진정한 일원이자 부끄럽지 않은 팬이 되기 위한 투쟁이었다.

해태 아이스크림은 먹을 수 없었다. 해태타이거즈 때문이다. 물론 롯데 아이스크림도 마찬가지였다. 해태와 롯데는 사 먹지 않겠다고 결심하고 나자, 세상에서 가장 맛있는 아이스크림은 해태와 롯데의 제품이 되고 말았다. 가질 수 없는 것에 대한 미망이 무엇인지 그때 알고야 말았다. 해태 부라보콘은 세상에서 가장 맛있는 아이스크림이었다. 롯데 월드콘도 만만치 않았다.

빙그레는 콘 아이스크림이 없었다. 지금이야 손흥민이 광고하는 슈퍼콘이 있지만, 그때 손흥민은 태어나지도 않았다. 다른 아이스크림도 마찬가지였다. 하루 혹은 이틀 치 용돈인 백 원으로 먹을 만한 빙그레 아이스크림은 비비빅과 캔디바 정도였다. 투게더가 있긴 했지만, 아이들이 사 먹을 수 없는 가격과 양이었다.

봉천동의 어린이들은 슈퍼의 아이스크림 냉장고를 열 때마다 설렜다. 냉장고 벽에 낀 성에는 얼음 왕국에 들어서는 문턱이었다. 안에는 밝고 장난스런 색깔의 아이스크림 포장지들이 우리를 달고 시원한 꿈의 세계로 안내했다. 가슴을 부풀게 하는 냉기를 들이마시며 헤드라이트처럼 눈을 켜고 슈퍼 주인어른이 한마디 할 때까지 그 안을 들여다보았다.

봉천동 주택가는 공기마저 어둡고 낡은 색감이었고, 빨갛거나 파란 주택 지붕들의 색깔은 지나치게 진지했다. 슈퍼 주인들은 어린노무새끼들이 재빨리 목표한 물건을 집고 냉장고 문을 닫지 않고 이것저것 주물럭거리면서 물건을 망치고 전기를 낭비한다 생각했겠지만 그렇지 않다. 그 냉기와 단내, 미국 영화에 나오는 놀이공원 같은 색색의 향연에 잠시나마 홀리지 않을 수 없었을 뿐이다.

아이스크림 냉장고 안으로 다이빙하면 다른 세계

로 이동할 것 같았다. 실제로 어린 꼬마 하나가 그 안에 풍덩 들어간 적이 있다. 물론 걔는 다른 세계로 가기는커녕 곧바로 목덜미를 잡혀 현실에 복귀했다. 주인아저씨에게 맞고 그다음에는 엄마에게 맞고 마지막으로 밤에 퇴근한 아버지에게 맞았다. 하지만 그 꼬맹이는 매우 만족했는데, 자기 때문에 모양이 망가진 아이스크림을 엄마가 모두 사야 했기 때문이다. 따라서 잠시나마 아이스크림 왕국의 배부른 돼지 같은 지주가 되었다. 그 자식은 죠스바를 빨아먹어 빨갛게 된 입술을 하고서는 십 원 동전 열 개를 모아 쌍쌍바를 사 나누어 먹던 동네 형 두 명을 거만한 표정으로 쳐다보았다. 부르주아가 프롤레타리아를 내려다보는 시선이 어떤 것인지 그날 확실히 알았다.

나에게 냉장고 안의 세계는 협소해졌다. 그전에는, 냉장고를 열고 아이스크림을 잡기까지의 시간 동안 무한한 가능성의 세계가 열려 있었다. 하지만 이글스 어린이 팬이 된 후 내 시선은 돼지바, 바밤바, 스크류바, 죠스바, 부라보콘을 피해 다녀야 했다. 고작 비비빅과 캔디바를 찾기 위해서 말이다. 왜 고작이냐 하면, 나에게 허락된 순간부터 맛이 없어져서다.

돼지바와 바밤바, 부라보콘은 어머니가 좋아하시던 제품이었다. 어머니는 더위에 약하신 분이었는데 당시 봉천동에 에어컨이 있는 집은 없었다. 그런 건 아예 다른 세계의 물건이었다. 여름철 아이스크림은 어머니에게 산소호흡기와 다를 바 없었다. 냉장고에 도사리고 있는 시원하고 달콤한 유혹―아아 그것은, 적이 건네는 뇌물. 해태와 롯데의 음모. 부처를 유혹한 마왕 마라 파피야스의 세 딸. 배고픈 아기공룡 둘리 일당의 눈앞에 놓인 구공탄에 끓인 라면…. 도덕적으로 나쁜 육신의 쾌락이었다.

어머니는 아이스크림을 물고 묻곤 하셨다. "넌 왜 안 먹니?" 그야 물론 빙그레이글스를 돕기 위해서였다. 내가 산 것이 아니라는 이유로 먹는 게 무죄일 순 없었다. 만약 내가 해태 바밤바를 하나 꺼내먹었다고 해보자. 그러면 어머니에게 필요한 바밤바가 하나 줄어든다. 그러므로 어머니는 또 하나의 바밤바를 살 것이다. 그 돈은 해태에 흘러갈 것이고 해태타이거즈 선수들에게 도움이 될 것이었다. 해태는 무슨 일이 있어도 빙그레를 제치고 우승을 차지하는 악의 제국이 아니었던가. 양심을 팔아 악을 살찌울 수는 없는 노릇이었다. 독자 여러분은 이제 내가 어린 시절부터 정의를 향한 사명감이 남다른 아이였다는 사실을 잘 알게 되었을 것이다.

기독교는 면죄부를 팔다가 위기를 맞았다. 교단의

부패에 열 받은 마르틴 루터 아저씨의 저항에 의해 결국 구교(천주교)와 신교(개신교)로 분리되었다. 나에게도 면죄부가 있었다. 어머니는 소식가여서 식사량이 적었다. 간식도 마찬가지여서 아이스크림 하나를 다 드시지 못했다. 그래서 남은 한 입은 내 차지가 되었다. 이거야말로 합법적이면서도 나의 뚜렷한 도덕관을 위배하지 않는 정당한 한 입이었다. 쓰레기통에 들어가면 개미가 꼬여 어머니가 귀찮아지실 게 아닌가? 장남이 깨끗이 입으로 치워드리는 게 올바른 효도가 아닌가 말이다.

그러므로 어머니가 바밤바나 부라보콘, 돼지바 포장을 뜯으면 그때부터 나는 고도의 절제력을 발휘해야 했다. 결코 어머니의 것을 빼앗아서는 안 되었다. 오직 다 드시고 남은 것만 처리해야 했다. 그러기 위해서는 포장지 뜯어지는 바스락 소리에 귀가 쫑긋거려도 사촌누나들이 물려준 계몽사 어린이 백과 〈공룡〉편의 티라노사우르스 페이지에서 눈을 떼선 안 된다. 코에 단내가 풍겨와도 의젓하게 재미없는 초식공룡이 그려진 부분으로 페이지를 넘겨야 한다. 혹시 내 코와 폐가 나도 모르게 숨을 크게 들이쉬면 아이스크림 냄새 때문이 아닌 것처럼 기침한다. 반복된 경험으로 습득한 기술이었다.

아, 육신의 욕망은 얼마나 일차원적이고, 일차원적인 주제에 강력한가. 그 강력한 욕망을 이겨내는 정신의 힘은 또한 얼마나 위대한 것인가. 내 이성의 힘에 스스로 감탄하지 않을 수 없었다. 물론 그건 내 생각이었고, 어머니의 회고에 따르면 사람들이 야외에서 고기를 구워 먹을 때 발치에 다가와 자비를 기대하는 촉촉한 눈으로 가장 착해 보이는 사람을 올려다보는 유기견 같았다고 한다. 그러나 나는 부끄럽지 않다. 만약 자제력을 발휘하지 않았다면 그만한 품위도 지킬 수 없었으리라. 아마 굶주린 하이에나처럼 굴다가 어머니에게 꿀밤이나 맞았을 것이다.

아름다운 구속

충성과 기다림은 간혹 보상을 선물해준다. 그 보상이란 먹을 만한 빙그레 아이스크림. 첫째는 88올림픽을 기념해 출시된 호돌이 아이스크림이다. 올림픽 마스코트 호돌이는 지금 봐도 잘 만들어진 캐릭터다. 이 녀석은 항상 남사당패처럼 상모를 열심히 돌리고 있는데, 채가 축 늘어지는 법 없이 언제나 공중에서 원을 그리고 있다. 온갖 종목의 운동을 하고 있는데, 상모를 썼으면서 몸매에 자신이 있는지 머리만 빼고 다 벗고 있다. 아마 이놈은 다 늙어서 노란 털이 흰털이 된 채 곰

방대를 물고서도 상모를 돌릴 것이다. 88올림픽 당시에도 목디스크가 우려되었지만 뼈가 유연한 고양잇과 동물이라 상모돌리기에 자신이 있는 모양이다.

빙그레가 출시한 호돌이 아이스크림은 경추 관절에 안 좋은 호돌이의 대표 자세로 되어 있다. 난 당연히 사달라고 졸랐다. 부모님은 올림픽을 기념해 세 번 조르면 한 번꼴로 사주셨다. 이 아이스크림은 검은 상모를 따면 호돌이의 머리 안에 노란 색깔의 오렌지 맛 빙과가 들어 있었다. 몸통에는 아무것도 없다. 즉 차갑게 식은 호돌이의 뇌를 파먹는 셈이었다.

호돌이 아이스크림은 내게 승리감을 선사했다. 올림픽의 열기에 취해 같은 걸 먹는 롯데와 해태의 어린이 팬들은 모두 패배자라고 할 수 있었다. 그런데 빙그레는 이 제품을 광고하면서 뇌를 다 파먹고 남은 호돌이의 살가죽, 말하자면 호돌이 박제를 기념품으로 보관할 것을 추천했다. 하지만 박제품의 질은 심각하게 낮았다. 아이스크림 포장을 가지고 빙그레를 탓할 수는 없다. 당시 서울은 제대로 양생이 안 돼 찌글찌글하고 갈라진 시멘트와 녹슨 쇠, 저질 플라스틱으로 이루어진 도시였다. 요새는 그런 종류의 플라스틱을 볼 수 없다. 그런데 박제 호돌이는 델몬트와 선키스트 오렌지주스 병을 보리차 용기로 사용하던 그 시대의 알뜰

한 부모님들도 봐줄 수 없는 품질이었다. 호돌이는 뇌가 사라진 즉시 버려졌다.

호돌이 아이스크림의 진짜 문제는 내용물이었다. 주황빛이 감도는 노란색 뇌가 대놓고 맛없었다. 기념품도 식품인 이상 맛으로 가격을 납득시켜야 한다. 그러므로 호돌이의 뇌는 진정한 보상이 될 순 없었다. 진짜 보상은 더위사냥이었다. 올림픽이 끝나고 1989년 출시된 빙그레 더위사냥은 그간의 기다림을 보상해줄 확실한 맛과 식감을 자랑했다. 맛은 커피맛과 초코맛 두 가지였는데 둘 사이의 우열은 확실했다. 커피맛이야말로 진정하고도 유일한 더위사냥이었다.

가격은 200원으로 고급 아이스크림의 두 배, 50원짜리 저가형 아이스크림의 네 배였다. 50원 리그는 말하자면 아이스크림계의 2부 리그로, 여기서는 논외의 대상이다. 이 리그에는 오이맛바, 케찹맛바, 심지어 냉수맛바 따위가 있었는데 하필이면 이름을 충실하게 재현하는 맛이었다. 50원 리그의 경쟁자는 얼음이었다. 아무튼 100원이 표준인 빙과계에서 200원은 지나치게 비싼 선수였지만, 더위사냥은 반으로 쪼개 두 사람이 함께 즐길 수 있게 되어 있다. 그러므로 더위사냥을 즐기는 데에는 미션이 필요하다. 함께 더위를 사냥할 동지를 구해야 한다.

이것은 사회생활의 원리와 똑같다. 더위사냥을 위해, 우리 인간은 사회적 동물로 태어났다는 사실을 자각해야 한다. 나의 목표를 공동의 목표로 만들기 위해 상대를 설득해야 한다. 또한 상대에게 100원이 생길 때까지 기다릴 줄 아는 인내심도 필요하다. 콧물을 트레이드마크처럼 달고 다니는 멍청한 녀석의 기분을 적당히 맞춰주는 술수도 갖춰야 한다. 더위사냥을 반으로 쪼개 나눠 먹는 데 성공했다고 끝이 아니다. 이런 종류의 제품은 정확히 절반으로 딱 나뉘는 법이 없다. 다음에도 팀을 꾸려야 하기 때문에 약간 많은 쪽을 상대에게 넘기는 관대함도 요구된다. 마지막으로 다음 더위사냥 연합은 콧물을 안 흘리는 다른 녀석과 결성되기를 바라지만, 어쩔 수 없이 다시 이 자식이 필요할 수도 있다. 나에 대한 좋은 인상을 남기기 위해 콧물을 모른 척해주는 예의범절까지 필요하다. 그야말로 '더위사냥'은 정치와 외교의 정수가 담긴 고도의 활동인 것이다. 마지막으로 더위사냥은 쌍쌍바의 '세로로 나란히 나누기'에 국한된 타협의 기술을 '가로로 잘라 나누기'의 영역까지 확대한 혁명적인 교과서라고 할 수 있다.

나는 말을 잘한다는 소리를 많이 듣고 살았다. "말이 참 청산유수야." 군 생활 시절 고참과 상관들의 반응은 보다 솔직했다. "말은 참 그럴듯한데, 일단 넌 엎드려뻗쳐."

이 말에는 두 가지 의미가 담겨 있다. 첫째 말을 잘한다는 있는 그대로의 뜻이다. 둘째, 이 녀석의 번지르르한 말엔 게으름을 피우거나 남을 놀려먹기 위한 궁리가 숨어있는 게 아니냐는 의심이다. 이 자리를 빌어 단호히 고백한다. 두 번째가 진실이다. 내 언어능력의 뒤에는 더위사냥이, 더위사냥의 뒤에는 빙그레이글스가 있었던 건지도 모른다.

방금의 명제는 물론 심각한 과장이다. 사람이 어떤 직업을 갖기까지엔 수많은 우연이 작용한다. 하지만 사람이 한 스포츠팀에 집착하는 것도 과장된 현상이다. 야구는 경기가 많고 시합 시간은 길다. 하루 세 시간의 스트레스를 견디는 일이 내 삶에 중요할 거라고 착각하지 않으면, 지금 타석에 들어선 타율 1할대 선수가 역전 만루홈런을 칠 수도 있다는 과대망상이 없다면 인간은 남의 공놀이를 응원하는 일에 주의를 기울일 수 없다.

나아가 내 인생이 언젠가는 화려하게 빛날 거라는 착각, 지금도 열심히 늙어가고 죽어가는 중이라는 사실을 망각하고 인생이 영원하기라도 한 것처럼 느끼는 착각이 없다면 삶은 지루한 감옥일 뿐이다. 공상은 낭비다. 그러나 공상 없는 삶은 무미건조하다. 그러므로 나의 삶에 이글스를 끼워 넣기로 한 것처럼, 나는 내가 이글스의 영향을 받은 셈 치겠다.

사랑의 값

조금만 생각해보면, 아무리 더위사냥을 칭송한들 기다림의 보상이 되지는 않는다. 대한민국에 출시된 제품인 이상 빙그레이글스 팬이 아니더라도 누구나 사 먹을 수 있다. 내가 남들과 달리 해태와 롯데 아이스크림을 사 먹지 못했다는 사실은 바뀌지 않는다. 논리적으로 따지면 빙그레이글스는 1993년 시즌이 끝나고 한화이글스로 개명했으므로 그때부터는 빙그레 제품에 집착할 필요도 없었다. 애초에 나만 손해를 보는 게임에 나 자신을 구속했다. 해답은 바로 여기에 있다. 구속이야말로 달콤한 보상이다.

　인간은 도움을 받는 것만으로는 충성하지 않는다. 그건 충성심이 자라날 조건일 뿐이다. 희생해야 진정한 충성심이 생긴다. 다른 회사의 아이스크림을 참는 순간마다 나는 긍지를 느꼈다. 만족과 긍지는 다르다. 긍지는 고통을 감수해야만 생긴다. 무언가의 일원이 되는 일은 공짜일 수 있다. 가령 나는 대한민국에서 태어난 이유만으로 대한민국 시민이다. 하지만 무언가의 일원임에 긍지를 느끼는 일은 공짜가 아니다.

　IMF 사태가 한국을 덮쳤을 때, 어머니는 내게 갑자기 미안하다는 말을 했다. 이유를 물어보니 내 돌반지를 금 모으기 운동에 보태셨다는 거였다. 나는 화를 냈다. "아니 말이라도 좀 먼저 하시던지!"

　그리고 불만을 쏟아냈다. 저 위에 정치인, 떵떵거리고 사는 재벌은 한 푼이라도 낼 줄 아냐, 우리 같은 서민이 알아서 희생해주니까 기득권이 뒤에서 웃음 짓는 거다, 잘못은 윗대가리들이 했는데 어째서 우리 집이 희생해야 하는 거냐 하는, 그런 말들이었다. 어머니는 한 마디로 나의 저항을 진압했다. "얘, 네 돌반지는 아빠 돈으로 한 건데 왜 네가 화내니?"

　얌전해진 나는 타협안을 내밀었다. 잘 승리하기만 해서는 명장이 될 수 없다. 자고로 병법에 이르기를, 패배했을 때 피해를 최소화하고 후퇴할 줄 알아야 진정한 명장이라고 한다. 나는 '나의 돌반지'이니 나도 국가를 위해 희생했음을 어머니도 인정해달라고 했다. 어머니는 끄덕였고, 나는 만족했다. 나는 나라에 나의 것 하나를 빼앗겼다. 그렇기에 나라를 더 사랑하게 됐다. 얼마 후 나는 돌반지를 국가에 상납 당한 친구들과 나라 욕을 했다. 우리는 고등학교를 졸업한 지 얼마 되지도 않은 애송이들이었다.

"나라 꼴이 말이야, 아주 말이 아니야."

"정치인들이 어? 수준 이하인데 나라가 제대로 되겠냐고."

"이 사태를 불러온 재벌부터 아주 싹 그냥 개혁을 해버려야 한다니깐."

"감옥에 한 백 명은 가야지 않아? 하루에 열 명씩 감방 갔다는 뉴스 나와야 하는 거 아니냐?"

그런 말들을 하는 우리의 자세는 몹시 건방졌다. 꼰대처럼 뒷짐을 지고 짝다리를 짚은 채였고, 어깨엔 힘이 들어가 있었다. 말투와 몸짓만 보면 일제강점기에 태어나 한국전쟁과 군사독재 시절을 다 겪은 노인 같았다. 어른들이 봤을 때 얼마나 같잖았을지 뻔하지만, 우리는 그때 시민이 되는 중이었다. 우리는 조국과 일체화되고 있었고, 나라를 욕하면서 사실은 애정을 느끼기 시작했다. 나의 것을 조금이라도 앗아가야 단순한 '국적'이 아니라 '내 나라'가 된다.

나는 아직 아이가 없지만, 어쩌면 부모가 아이를 사랑하는 이유는 아이를 위해 희생하기 때문인지도 모른다. 육아가 시간과 노력을 강요하기 때문에, 아이가 속을 썩였기 때문에, 아프거나 잘못됐을 때 가슴이 아프기 때문이 아닌가 싶다. 비슷한 의미로 훗날 부모님이 아파서 내 간병을 필요로 하지 않았다면 나는 부모님을 지금처럼 이해할 수 없었을 것이다. 사랑받는 건 공짜일 수 있지만, 사랑하는 데엔 대가가 필요하다. 사랑이라는 환상은 공짜가 아닐 때 환상을 넘어 현실이 된다.

행복을 기다리는 동안

동심 파괴범의 사생활

해태타이거즈의 무서움을 이글스 팬만큼 잘 아는 사람들도 없을 것이다. 물론 한화이글스는 매일 지기 때문에, 다른 팀 전부의 무서움도 잘 안다. 하지만 그중에서도 해태는 각별하다. 이글스는 전성기 시절 만년 2위에 머물러야 했다. 네 번의 한국시리즈에서 번번이 좌절했는데, 슬프게도 세 번은 정규시즌 1위였다. 또 해태에게는 세 번이나 당했다. 다이너마이트 타선의 심지는 우승컵을 들어올리기 직전 매번 치이익, 하는 허무한 소리를 내며 꺼져버리고 말았다.

 빙그레이글스나 한화이글스나 마스코트의 종(種)엔 변함이 없다. 다시 말하지만 미국 흰머리수리다. 그런데 빙그레이글스 시절의 마스코트 디자인은 훨씬 어른스러운 얼굴을 가진 주제에, 훨씬 귀여웠다. 어떻게 봐도 아저씨의 얼굴이다. 이 아저씨는 잦은 음주와 야식으로 배와 궁둥이에 푸짐하게 살이 붙어 둥그스름하면서도 출렁이는 몸매를 소유했다. 독수리 아저씨는 착한 성품으로 유명한 장종훈과 송진우 같은, 전설적인 이글스 선수들을 가리키는 듯했다.

반면 해태는 어땠는가. 해태 로고를 보면 진지하게 생긴 호랑이가 아가리를 벌리고 있다. 어떻게 봐도 100명의 사람을 잡아먹은 사이코패스 호랑이가 101번째 희생자를 보고 입맛을 다시는 얼굴이다. 해태의 유니폼은 또 어떤가. 상대 팀이 흘린 피로 붉게 물들어 있다. 붉지 않은 부분은 가늠할 수 없는 악의 깊이를 상징하는 암흑의 색이다. 어린이용 만화영화라면 착한 독수리 아저씨가 호랑이 괴물을 물리치는 결말이 정해져 있다. 현실은 냉혹했다.

저 악의 제국, 맛있는 호빵처럼 생긴 얼굴에 애써 숨긴 사악함이 눈빛에서 새어 나오는 선동열과 그의 졸개들, 공공의 적, 안드로메다에서 지구를 정복하기 위해 날아온 김응용 감독이 지배하는 우주 해적단, 오직 승리만을 맹신하는 근본주의자들이 결성한 무장 테러세력인 해태타이거즈는 이글스를 응원하는 어린이들의 동심을 세 번이나 짓밟았다. 지금도 수많은 이글스 팬들은 그때의 상처를 가슴에 안고 하루하루를 살아간다. 나는 선동열의 일상이 어떠한지 잘 알고 있다.

밤, 텅 빈 고층건물의 꼭대기 층. 어두운 조명 아래, 하루종일 선량한 시민인 척 연기하느라 피로해진 선동열이 황금으로 장식된 1인용 소파에 앉아있다. 무릎 위에는 자기가 흑표범쯤 되는 줄 아는 건방진 검은 고양이가 웅크리고 앉아있다. 선동열은 창밖을 내려다보는 중이다. 야근에 지친 직장인들이 축 처진 어깨로 귀가하는 모습은 포식자인 그의 눈에 하찮은 양떼로 보인다. 그는 생각한다. '인간은 육식동물과 초식동물, 두 부류로 나뉘지. 빼앗는 쟁취자와 바치는 일꾼 말이야.'

한 손으로는 고양이를 쓰다듬고 다른 손으로는 한 병에 2천만 원짜리 와인이 담긴 잔을 천천히 흔드는 선동열. 이윽고 피처럼 붉은 와인을 한 모금 음미하자, 그의 얼굴에 의미심장한 미소가 번진다. '이 맛은 이글스 어린이 팬들이 흘렸던 피눈물의 맛이군.'

"그거." 의미를 알 수 없는 선동열의 한 마디에, 그늘 속에서 검은색 투피스 정장 차림의 여자가 하이힐을 또각거리며 나타난다. 놀라울 정도의 미인이다. 직선처럼 곧은 자세, 한 치의 흐트러짐도 없이 뒤로 넘겨 묶은 말총머리, 그리고 금속보다 차가운 무감정한 눈빛. 사실 그녀는 격투와 살인의 달인으로, 수많은 외국인을 살해한 국정원 소속 엘리트 요원이었다. 지금은 선동열의 오른팔이자 그의 해결사로 일하는 중이다.

"그거 가져와."

여자가 가져온 것은 두꺼운 사진 앨범. 앨범을 한 장씩 넘기던 선동열의 손이 멈춘다. 빛바랜 사진에 그의 시선이 머문다. 한국시리즈 마지막 경기, 해태에 우승컵을 빼앗긴 후 그라운드에 쓰러져 일어나지 못하고 있는 이글스 선수들이다. 선동열의 눈에 가학적인 즐거움이 차오른다. 눈꼬리가 길어져 귀까지 닿을 듯하다.

독자 여러분은 내게 불만을 갖지 말아주시기 바란다. 직접 보지는 않았지만 여러 정황 증거를 논리적으로 조합하면 선동열의 하루가 어떠한지 정합적으로 증명된다. 아인슈타인도 상대성 원리를 발견하기 위해 우주를 여행하지는 않았다. 내 IQ는 아인슈타인의 절반밖에 되지 않지만, 가슴에 맺힌 한은 그의 두 배이므로 발휘할 수 있는 능력의 정도는 같다.

당신의 가족사진

우리집은 내가 초등학교 4학년 때 서울시 강동구 상일동으로 이사했다. 물론 내 의사는 전혀 중요하지 않았다. 아버지의 경제력이 늘어나 잿빛 산동네에서 벗어나 깨끗한 아파트촌에 입성했다. 엘리베이터도 없는 스물네 평 주공아파트였지만 80년대의 이사지로서는 좋은 조건이었다. 하지만 나와 동생은 산동네에서 벗어난 게 아니었다. 우리는 산동네를 박탈당했다. 우리는 익숙한 친구들과 골목, 폐자재가 쌓인 버려진 공사장, 관악산 기슭, 방치된 계곡, 짝사랑하던 여자아이를 잃어버렸다.

아파트촌이라고 하는 세계는 이해되지 않는 것투성이었다. 일단 또래 아이들이 이상했다. 장난감이 필요하면 직접 만들지 않고 부모에게 사달라고 하는 거였다. 이놈들은 딱지 접는 실력은 형편없고 신문지로 칼 만드는 법은 아예 몰랐다. PVC 파이프 조각을 모닥불에 녹여 썰매의 날을 만들 줄도 몰랐다. 나는 봉천동 집에서 내 첫 번째 모교인 사당초등학교로 가는 관악산 기슭에서 친구들과 수많은 동물을 잡았었는데 아파트촌에는 잡을 만한 동물이 없었다. 기껏해야 파리, 모기, 바퀴벌레, 개미 등 재미없는 녀석들뿐이었다.

아파트촌의 여자애들은 내가 못생겼다고 놀리면 적의 도끼에 맏아들을 잃은 바이킹 족장 같은 표정을 하고 나를 노려보았다. 몇 초 후 눈에 눈물이 맺힌다. 그러면 팽, 하고 뒤돌아서 곧장 선생님께 일러바치러 달려간다. 그에 반해 밝고 건강한 봉천동 여자애들은 그 자리에서 아무렇지 않게 응수했다. "응, 그래. 너는 더 못생겼어."

아파트촌 여자애들은 남자애한테 바라는 게 있을 때 알아서 나서서 도와주기를 기다렸다. "이거 네가 나 대신 철수한테 전해달라고 부탁하면 싫을까?"라고 묻는 식이다. 당연히 귀찮으니 싫다. 묻길래 싫다고 솔직히 대답해주면 삐진다. 지우개가 필요하면 빌려달라고 말하면 되는데, "나 오늘 지우개를 안 갖고 온 거 같은데⋯." 하고 말꼬리를 흐리는 식이다. 반면 아파트촌의 허여멀건 환자들처럼 상처받을 준비를 완료한 채 자라지 않은 봉천동 여자아이들은 그냥 날 걷어차면서 바로 본론을 말했다. "야, 지우개 내놔."

나는 봉천동에서 여자애들의 소꿉놀이에 자주 동원되었다. 말이 많은 놈이어서 쓸모가 있었다. 보통 남자애들은 또래 여자애들이 아빠나 의사 역할을 시키면 '응', '아니', '그래' 정도를 빼면 꿀 먹은 벙어리가 된다. 나는 또래 남자애들과 비교할 수 없을 정도로 대화를 잘 주고받았고 가끔은 창의적인 대사를 던져 뒤통수를 맞기도 했다. "김 간호사! 주사를 잘 못 놔서 환자가 죽었잖아. 이번이 벌써 세 번째야."

봉천동 여자애들은 남자가 필요하니 내가 소꿉놀이에 끼어야 한다고 정확하게 말했다. 싫다고 하면 여럿이 나를 둘러쌌다. 한 번 더 싫다고 하면 나를 진압해 질질 끌고 갔다. 한 마디로 욕망에 솔직했다. 또 나는 이글스 홈런타자를 할 테니 너희는 치어리더를 하라고 제안하면 고민하지 않고 나를 발로 걷어차는 씩씩함도 겸비했다. 다리가 그렇게 튼튼하지 않았더라면 좀 더 좋았으련만, 아무튼 괜찮은 애들이었다.

봉천동 여자애들은 고무줄넘기를 하다가 우리가 50원짜리 도루코 커터칼로 고무줄을 끊으면 즉시 범인을 체포하기 위해 추격을 시작했다. 슬프게도 달리기가 가장 느린 녀석은 나였고 번번이 소꿉놀이 장소로 연행되고 말았다. 아파트촌 애들은 고무줄을 끊으면 전쟁터에서 적의 포탄에 가족을 잃은 시민처럼 울고는 선생님, 엄마, 오빠, 그리고 친구들—이를 수 있는 모든 사람에게 일렀다.

나는 어린이가 아파트에서 자라면 정신병에 걸리는 줄 알고 잠자리에 들 때 몸이 벽에 닿지 않으려고 조심했다. 독성을 품은 아파트 건물에 전염될지도 모르는 일이었다.

아파트촌에서 눈싸움을 할 때였다. 나는 연탄재를 넣은 눈덩이를 친구에게 던졌다는 이유로 선생님에게 혼나고, 그 아이의 엄마에게 혼나고, 그 아이의 엄마에게 혼난 우리 엄마에게 혼나고, 소식을 전해 들은 동네 아줌마에게 혼났다. 그 아이는 내가 던진 눈덩이에 눈을 맞아 얼굴 반쪽이 판다처럼 귀엽게 변하긴 했다. 하지만 멍은 시간이 지나면 다시 살로 돌아온다. 시간이 알아서 해결해줄 일인데 그렇게나 혼나다니 이유를 알 수 없었다. 가장 이해할 수 없는 건 새로운 세상의 어른들처럼 돌변한 어머니였다. 돌이켜보면 어머니는 나를 배신하지 않았다. 어머니는 내게 새로운 세상의 법규를 소개한 거였다. 어른에게 혼나는 건 두렵다. 하지만 이해할 수 없는 미지는 더 막막한 공포를 불러일으킨다.

다른 환경은 웃는 얼굴로 다른 법규를 제안한다. 제안을 순순히 받아들이지 않으면, 제안은 강제로 변모한다. 저항하면 탄압이 기다리고 있다. 우리 형제는 다른 환경에 순응해야 했고, 그러기 위해 먼저 적응해야 했다. 적응은 과거와 단절되는 상실이다. 내 자신의 죽음인 동시에 부활이기도 하다.

아파트 단지의 구조는 봉천동 골목길과 전혀 다른 성질로 우리를 압도했다. 봉천동 골목은 모든 집이 다르며, 모든 담벼락이 다르다. 집집마다 냄새도 다르다. 그 집 어머니나 할머니가 담그는 메주, 된장, 고추장, 김치가 특유의 냄새를 정한다. 우리는 각각 자신만의 정체성을 지닌 집들을 모두 외우고 다녔다. 모든 골목과 경사도 각자의 다름을 지녔었다.

또 봉천동에서는 모든 아이들이 담벼락을 넘어 다

녔다. 무절제한 난개발로 형성된 마을답게 어른들이 사용하는 공식적인 길을 이용하면 짧은 거리를 지나치게 우회해야 했다. 반면 어떤 골목에서 한 집의 담벼락을 두 번 넘기만 하면 다른 골목에 다다른다. 이러면 5분 거리를 30초로 줄인다. 마침 그 집의 어른에게 들키면? 상관없다. 오히려 좋다. 물이나 주스를 얻어 마실 수 있었으니까. 어차피 그 집 애도 다른 집 담을 타넘고 다녔다.

　나는 운동신경이 없는 녀석이지만 지금도 웬만큼 높은 담 넘는 것 하나는 너끈하게 해낼 자신이 있다. CCTV를 해킹할 재주는 없어서 경찰서에 끌려가겠지만, 넘은 후가 문제지 넘는 거야 문제가 안 된다. 파이프라인이 외벽에 설치된 건물은, 2~3층 정도야 스파이더맨처럼 오르내릴 수 있다. 하지만 어른이 되고 나서 남의 재산권을 침범하거나 그 비슷한 행동을 할 수는 없는 노릇이다. 그래서 나는 펜션에 놀러 갈 때처럼 여럿이서 건물을 통째로 빌렸을 때 가끔 술에 취한 채로 이 술법을 선보이곤 했다. 물론 사람들은 눈이 휘둥그레지며 깜짝 놀란다. 나는 평소에 몸이 굼뜬 사람이니까. 나는 사람들의 반응을 즐긴다. 그렇지만 독자 여러분은 걱정하지 말기 바란다. 이제는 안 한다. 원숭이도 나무에서 떨어지는데 내가 안 떨어질 리가. 한 번 떨어져 황천길 시민공원에서 가벼운 조깅을 즐기다 온 이후로 수년째 안 하고 있다.

봉천동에서 담 넘기는 걷고 뛰는 것 다음의 세 번째 신체활동이었다. 숟가락질은 네 번째, 젓가락질은 다섯 번째였다. 그런 내가 아파트 단지에 이사, 아니 연행됐으니 팔다리 하나가 없어진 셈이었다. 거기엔 넘을 담이란 게 존재하지 않았다. 아파트 단지란 아주 정직한 세계였다. 그게 아파트가 한국에서 가장 인기 있는 주거 형태인 이유이긴 하지만. 담을 넘지 못하는 세계란 답답하지만, 답답함을 넘어서는 고통이 있었다. 바로 표류였다. 나는 아파트 단지 안에서 오래도록 표류했다.

아파트 단지는 미로였다. 구별되지 않는 건물들이 규칙적으로 배열된 공간에서 우리는 자주 길을 잃었다. 구별점이 있다면 '몇 동 몇 호'라는 숫자인데, 나는 숫자에서 아무런 정체성을 느끼지 못했다. 한국의 아파트 단지란 1동 다음에 2동, 2동 다음에 3동이 직선적으로 다가오는 구조도 아니어서 나는 하교할 때마다 미아가 된 느낌을 받았다. 봉천동에서 쫓겨나 시멘트와 숫자만이 끝없이 이어지는 막막한 사막에 버려진 미아 말이다. 아파트 단지란 말하자면 철저히 기호화된 공간이었다. 나는 기호를 사용하는 사람이어야 하는데, 어째서인지 거꾸로 기호의 세계에 갇힌 사람이 되어버렸다.

단지 견디는 것만으로는 적응이라 할 수 없다. 적응이란 능동적이어야 한다. 다행히도 아파트 단지에는 조경수가 많았다. 아파트 동은 정체성이 없지만 나무에게는 있다. 같은 목련이라도 나무의 굵기와 가지의 모양이 다르다. 나는 나무들의 차이를 암기하기 시작했다. 봉천동 아이가 주공아파트 단지에서 살아남는 법이었다. 가을에는 낙엽을, 봄에는 꽃을 이용해서 진도를 빠르게 뺄 수 있었다. 단지 내에 있는 보도블록 바닥과 시멘트 계단의 차이도 암기했다. 규칙적인 패턴으로 이루어진 환경을 구분하는데 가장 편한 방법은, 파손을 기억하는 것이다. 보도블록은 똑같은 모양으로 생산되지만, 금이 가거나 귀퉁이가 떨어져 나간 모습이라던지 바닥에서 기우뚱 들린 형태는 모두 다르다. 시멘트 계단 역시 파손된 형태로 기억했다.

내가 다닌 고덕초등학교의 친구들은 주공아파트 3단지, 4단지, 5단지, 6단지, 7단지에 나뉘어 살았으며 각 단지의 규모도 컸다. 나는 수년에 걸쳐 다섯 개 단지 내의 '자연'을 암기했다. 나중에는 더이상 암기할 필요도 없었다. 이미 기호화된 인간이 되어버렸기 때문이다. 하지만 자연을 암기하는 습관은 계속되었다.

필요는 노력을 낳고, 노력은 습관을 낳고, 습관은 취향을 낳는다. 덕분에 지금 나는 꽃을 몹시도 좋아하는 남자가 되었다. 나는 지금도 봄에 진달래와 개나리, 라일락을 보면 어린아이처럼 좋아한다. 주황색 야구복에 내 가슴이 설레는 원리와 같다.

감동의 절정은 아카시아꽃의 향기다. 봄꽃이 짧은 절정을 누리고 스러져가는 아쉬움을 달래주려는 듯 그 수많은 꽃망울이 온몸으로 발산한 향긋한 꿀 내음이 바람에 실려 스치고, 일순간 멈춘 공기를 꽉 붙들기도 하다가, 다시 공기가 흐르기 시작하면 향기의 덩어리를 이루어 둥실둥실 춤춘다. 정신을 차리고 향기의 발원지를 찾으면 문득 수백 수천의 흰 꽃송이들이 무리를 이루어 내 눈 안을 침범하고, 나는 즉시 함락당한다. 담을 타 넘던 아이의 무덤에서 꽃을 사랑하는 아이가 탄생했다.

상실에는 부활이라는 보상이 따른다. 보상을 통해 우리는 무언가를 사랑하게 된다. 봉천동에서, 어른들이 함부로 부어 굳힌 찌글찌글한 아스팔트 길바닥은 자연보다 우월했다. 자연 위로 어설프게 덮어놓은 인공구조물은, 우리로 하여금 그 현대적인 척하는 시늉을 숭배하게 만들었다. 일주일에 한 번쯤 더벅머리 머리칼 사이로 송충이를 떨어뜨리는 관악산보다 집집마다 모자처럼 쓴 붉거나 파란 저질 기와지붕, 혹은 '쓰레뜨'라 불리던 슬레이트 지붕이 더 우월했다. 나는 관악산을 착취하는 법만 알았지, 존중하는 법을 몰랐다. 반대로 기호화된 규칙을 강요하는 시멘트 사막에서 나는 오히려 자연을 사랑하게 되었다.

잠자리가 나비로 다시 태어난다 한들 중력의 법칙에서 벗어나지는 못한다. 날개의 색을 바꿀 순 있어도 날개를 달고 태어났다는 사실을 바꿀 수는 없다. 나는 주공아파트에 이사해서도 이글스 팬이었다. 삭막한 기호의 세계에서도 TV를 틀면 주황색 유니폼을 입은 이글스 선수들이 나왔다. 장종훈과 송진우는 야구장에 그대로 있었다. 내가 여전히, 과거와 분리되지 않은 세상에 살고 있다는 가장 확실한 신호였다. 옛날 한국의 노동자들은 가족의 미래를 위해 중동의 사막과 독일의 탄광에서 일했다. 요즘 아시아의 노동자들은 가족을 위해 한국에 와서 일한다. 시대와 민족은 다르지만, 그들 모두 가족사진을 소중히 여긴다는 점에서 동지다. 내게 이글스는 그들의 가족사진과 같았다.

오늘은 이기겄쥬

아파트에 이사 온 해는 1988년이었다. 서울올림픽에서 한국은 홈 어드밴티지를 있는 대로 쥐어짜 종합순위 4위에 올랐다. 올림픽의 열기에 내가 흥분하지 않았다면 거짓말이다. 다만 나에게는 남들에게 없는 비밀스러운 열정이 하나 있었다. 한국어 간판과 한국어로 난무한 길거리를 걷는 외국인 노동자가 가슴에 품은 가족사진과 같은 이글스였다. 나는 나만의 비밀을 가졌다는 사실을 소리 없이 자랑스러워했다. 그해 이글스는 한국시리즈에 올랐다. 그리고 해태타이거즈에 패배했다. 그래 뭐, 그럴 수 있다. 고통스럽지만 어린 애라고 해서 인내심이 없지는 않다.

1989년 빙그레이글스는 정규시즌에서 우승을 거뒀다. 한국시리즈 직행이었다. 이때 이글스의 힘은 절정에 도달해 있었다. 마운드 위에서는 송진우, 한용덕, 한희민, 이상군이 공을 던졌고 타석에는 장종훈, 이강돈, 강정길, 이정훈이 들어섰다. 회색빛 어둠이 깔리는 회색빛 가구공단의 자취방을 향하는 한 외국인 노동자. 오늘도 안주 없이 소주 두 병만 달랑 사서 외로움을 달래는 그에게 아들의 대학 합격 소식이 들려올 것인가. 나의 과거와 현재는, 봉천동과 상일동은 한화이글스의 우승으로 연결될 것인가. 나의 역사는 완성될 것인가.

해태의 1차전 선발은 너무나 당연하게도 선동열이었다. 그래, 1차전을 내주더라도 2차전부터 잘하면 된다. 어차피 선동열이 선발로 나온 경기는 던지는 경기다. 처음부터 1패를 안고 시작하는 시리즈였다. 2차전부터 잘하면 된다, 2차전부터…. 어? 이럴 수가. 이글스는 1차전에서 선동열을 무너뜨리고 4:0으로 승리했다! 0승 1패에서 시작한 시리즈였으므로 2승을 거둔 거나 마찬가지였다! 그렇다면 우승이었다. 숨을 곳도, 피할 곳도 없다. 옴짝달싹이다. 우승하지 않을 도리가 없었다. 아니었다. 우승은 해태의 몫이었다. 이글스는 2차전부터 5차전까지 내리 4연패를 당하며 추락했다. 그리고 마지막 경기의 승리투수는 선동열이었다. 마지막 공을 헛스윙 스트라이크로 잡아낸 그는 펄쩍 뛰며 두 팔을 치켜들었다.

80년대와 90년대의 이글스 선수들은 유난히 순한 인상이어서 아이들이 응원하기 좋았다. 다른 팀 선수들과 달리 웬 어린애가 걸리적거리며 하던 일을 방해하면 머리를 쓰다듬고 과자를 사줄 것 같은 인상이었다. 그런 아저씨들이 번번이 우승컵 앞에서 좌절하는 모습을 본다는 건 어린이에게 괴로운 일이었다. 하지만 어렸기에 꿈을 잃지 않고 응원할 수도 있었다.

생각해보라. 남자애들이 보던 만화 시리즈에서 악의 세력은 나오자마자 뿌리뽑히지 않는다. 그러면 만화가 일찍 끝나버리니까. 지구를 지키는 그랜다이저,

마징가Z, 독수리 오형제, 지구방위대 후뢰시맨, 메칸더V는 매번 나쁜 편 로봇이나 괴물을 무찌른다. 하지만 악당 대장에게는 패배하며, 시리즈 맨 마지막에 가서야 가까스로 무찌른다. 한화가 우승을 못한다는 사실은, 뒤집어 생각하면 재밌는 만화 시리즈가 계속된다는 뜻이기도 했다.

1991년, 나는 중학교에 입학했고 이글스는 또다시 한국시리즈에 진출했다. 그리고 또다시 해태에 패배했다. 시리즈 성적 0대 4. 단 한 경기도 이기지 못한 기록적인 패배였다. 이제 만화 시리즈는 재밌지 않았다. 애초에 만화가 아니라 현실이었다. 초등학생 때는 펑펑 울다가 맛있는 걸 먹으면 좌절의 고통을 먼발치로 밀어낼 수 있었다. 중학생이 되자 눈물이 나오지는 않았다. 대신 가슴이 찢어졌다.

1992년, 이글스는 정규시즌 우승을 거둬 한국시리즈에 직행했다. 그러나 나는 3년 전의 나처럼 우승을 확신하고 희희낙락하지 않았다. 그때는 꼬마였지만 이제는 청소년이다. 청소년은 의젓한 법이다. 청소년은 어두운 미래를 미리 받아들일 줄도 안다. 어차피 정규시즌 2위 해태가 독수리의 목에 칼을 들이대고 있었다. 악의 제국 해태와 맞붙게 된다면 우승하지 못할 게 분명했다.

플레이오프에서 롯데자이언츠와 해태가 맞붙었을 때, 나는 그때만큼 다른 팀을 응원해본 적이 없다. 너무나 간절히 롯데를 응원하다 보니, 롯데 선수들이 잘생겨 보일 지경이었다. 논리적으로 보면 이때만큼은 빙그레가 아닌 롯데 아이스크림을 먹어도 된다는 나만의 의무조항이 면제되었다고 할 수 있다. 그러므로 평생 단 한 번, 롯데 죠스바를 입에 물고 야구를 보는 특권을 누렸다.

해태는 아마 1992년에도 우승했을 것이다. 악의 제국 총사령관 선동열이 부상으로 빠지지만 않았다면 말이다. 선동열이 있는 해태와 그가 없는 해태는 다른 팀이라고 봐도 무방했다. 과연 롯데는 선동열 없는 해태를 5차전까지 가는 혈투 끝에 제압하고 한국시리즈에 진출했다. 이제 1992년은 약속의 해가 되었다. 해태 없는 한국시리즈, 하늘이 내린 기회였다. 이때 이글스 팬들의 감정을 가장 잘 대변하는 시는 황지우의 〈너를 기다리는 동안〉이다.

(…)
문을 열고 들어오는 모든 사람이
너였다가
너였다가, 너일 것이었다가

다시 문이 닫힌다

사랑하는 이여,

오지 않는 너를 기다리며

마침내 나는 너에게 간다

(…)

우승은 그렇게나 안타깝게, 마침내 오는 듯했다. 과연 1992년은 한국 야구 역사에 특별한 해가 되었다. 롯데 자이언츠가 마지막으로 우승한 해니까. 1차전에서 지고 2차전에서도 패배한 후, 수백 명의 대전 홈 관중이 이글스 선수단 버스를 둘러싸고 유리창을 박살 내버렸다. 그럴 만도 했다. 2차전 패배는 한국시리즈 연속 10연패였다. 야구에서 초반에 2연패를 당하고 시리즈를 뒤집는 경우는 극히 드물다. 순하기로 유명한 이글스 팬이었으니 망정이지, 다른 팀이었으면 버스가 뒤집혔을 것이다. 정말 이번에는 버스가 뒤집힐까 봐서였는지, 3차전에서 이글스 선수들은 한 점 차 신승을 거뒀다. 하지만 그뿐이었다. 이글스는 다시 2연패를 당하며 기적은 없다는 사실을 확인했다. 1992년의 한화이글스에 관한 한 황지우의 시는 다음과 같이 수정되어야 한다.

문을 열고 들어오는 모든 조짐이
우승이었다가
우승이었다가, 우승할 것이었다가
다시 문이 닫힌다
이글스의 우승이여,
오지 않을 너를 기다리며
마침내 나는 실성한다

인생이 특권인 것처럼 동심도 특권이다. 생각보다 일찍 끝나니까. 나는 이기는 편이 꼭 우리 편이 아니며, 내 편이라는 이유로 승리하라는 법이 없다는 을씨년스러운 진실을 깨달은 채 유년기를 졸업했다. 청소년이 된 나는 같은 진리를 부모님께도 선물해드렸다. 그렇다, 당신들의 자식이라는 이유로 공부 잘하고 말 잘 듣는 녀석이 된다는 보장은 없는 거였다. 부모님은 사랑과 정성을 쏟았지만 애석하게도 결과물은 나였다. 이 자리를 빌어, 학원비의 절반을 용돈으로 착복했다는 사실을 겸허히 고백한다.

그러나 나는 주황색 옷을 입은 독수리가 나의 동심을 착복했다고 생각하지는 않는다. 내가 절망했다고 해서 꼭 누군가가 나를 배신한 거라는 공식은 없다. 누구의 잘못도 없이 내가 좌절할 수도 있는 법이다. 이글스는 나를 좌절시키지 않았다. 오히려 우리는 함께 기뻐했고 함께 좌절했다. 장환수 기자에 따르면 1992년 한국시리즈 마지막 5차전이 끝난 후 김영덕 감독은 인터뷰를 거부하고 감독실에 들어가 책상을 흥건히 적실 정도로 눈물을 흘렸다고 한다. 내가 울 때 그들도 울었다. 우리는 서로 가해자나 피해자가 될 수 없다. 우리는 처음부터 한 팀이었기 때문이다.

나는 이글스의 우승을 보지 못한 채 성인이 되었다. 그리고 1998년 5월에 군에 입대했다. 그때는 IMF로 망하는 가정이 속출했고, 모든 집안에 돈이 말라 있었다. 먹을 입을 당장 하나라도 줄이기 위해 입대 열풍이 불었다. 대기 순번이 밀려 있어서 영장이 날아오면 고민하지 말고 입대해야 했다.

지금 한국은 평균적으로 서른 살은 되어야 사회초년생이 된다. 30대 중반까지는 애 취급을 받는다. 당시엔 달랐다. 군에 입대하는 순간 완전한 '아저씨'였다. 끝내 독수리 아저씨들의 우승을 보지 못한 채 나역시 아저씨가 되고 말았다. 운이란 그런 것이다. 어떤 사람은 특정 팀의 팬이 되고 나서 일 년 만에 우승의 기쁨을 누리기도 한다. 내게는 그런 운이 없었다. 하지만 그건 인생도 마찬가지다. 인생이란 무를 수도 없고 남과 바꿀 수도 없다. 주어진 조건에서 살아가야 한다.

개인이 할 수 있는 일의 전부는 남이 아닌 자신의 하루를 잘 살기 위해 노력하는 것뿐이다. 한화이글스는 종교적인 팀이므로, 성경 구절을 가져와보겠다.

그러니 너는 기뻐하며 빵을 먹고 기분 좋게 술을 마셔라. 하느님께서는 이미 네가 하는 일을 좋아하신다.
네 옷은 항상 깨끗하고 네 머리에는 향유가 모자라지 않게 하여라.
태양 아래에서 너의 허무한 모든 날에, 하느님께서 베푸신 네 허무한 인생의 모든 날에 사랑하는 여인과 함께 인생을 즐겨라. 이것이 네 인생과 태양 아래에서 애쓰는 너의 노고에 대한 몫이다.
네가 힘껏 해야 할 바로써 손에 닿는 것은 무엇이나 하여라. 네가 가야 하는 저승에는 일도 계산도 지식도 지혜도 없기 때문이다.
—〈전도서〉 9장 7절부터 10절까지

야구팬 역시 주어진 팀을 응원할 수 있을 뿐이다. 다만 이글스 팬의 수중에 빵과 술, 향유는 없는 것 같다. 그렇지만 굶어 죽을 수는 없으니, 초근목피라도 기분 좋게 먹으면 소화가 좀 더 잘 되리라는 긍정적인 마음을 갖는 수밖에 없다. 한화이글스 팬이 오늘은 오늘의 야

구를 보기 위해 가져야 하는 긍정적 마음, 그것은 단
한 문장으로 요약된다.

"오늘은 이기겼쥬."

행복의 세기말

박탈당한 우승

대한민국의 세기말은 초현실적이었다. 21세기를 향한 희망과 공포가 뒤섞인 시대, 가요무대에서는 핑클과 S.E.S가 항우와 유방처럼 천하를 놓고 싸웠고 통이 넓은 바지와 검은 색조의 화장이 길거리를 뒤덮었다. '사이버'라는 이름으로 은색으로 반짝이는 금속질과 검은 라텍스 디자인이 어디서나 남용되었다. 농심에서 '김치 사이버 라면'이라는 컵라면을 출시하는가 하면 지구가 망한 지 오래된 후에 활동하는 미래전사 같은 복장의 남녀가 커피 광고에 등장했다. 나이트클럽과 노래방 이름으로 '데몰리션', '에일리언' 따위가 유행했다.

제품명에 들어가는 알파벳으로 X나 Z가 넘실댔다. 이 유행은 2000년대까지도 이어졌는데 LG전자는 X에 사로잡히고 말았다. 'X-Touch'라는 고급형 키보드를 출시하면서 그야말로 X 같은 카피를 건 광고를 냈다.

'X 같은 생각 X 같은 디자인'
'X 같은 기술'
'X 같은 인체 공학적 설계'
'X 같은 색상 X의 강인함'

제품명과 광고카피를 곰곰이 음미하면 의미심장하다. 'X로 강인한 X로 터치한다는 말인가! 과연 무엇을?'이라는 생각이 떠오른다. 1999년에는 또 새천년이 시작되면 컴퓨터 코드 입력 오류 때문에 전 세계가 마비된다는 'Y2K' 소동이 있었다. 대규모 해킹으로 한국에 수천억 원의 컴퓨터 관련 피해가 발생한 일이 있었다. 지금으로 치면 수조 원이다. 이 사건 때문에 Y2K는 퍽 진실처럼 다가왔다. 정작 21세기가 되어보니 별일 없었지만 말이다. 1999년을 기이하게 만든 일에서 빠질 수 없는 사건은 따로 있다. 바로 한화이글스의 우승이었다.

믿을 수 없는 사건이자 내게는 믿을 수 없는 불운이었다. 한화이글스가 우승한 순간 육군 상병이던 나는 훈련 중이었다. 파김치가 된 몸으로 막사로 복귀하면 씻고 정비하는 일 외에도 몹시 중요한 의식이 있었다. 짬밥 순으로 일주일치 《국방일보》와 《스포츠조선》

을 탐독하는 일이었다. 주황색 유니폼을 입고 환호하는 선수들 위로 아로새겨진 굵은 헤드라이트, "한화이글스 창단 첫 우승"이었다. 한화이글스의 처음이자 마지막인 우승은, 내 기억에서만큼은 없다. 나는 한 번도 우승을 맛보지 못한 희귀한 한화이글스 팬으로 남아 있다.

어째서 나는 좋아할 수도 화를 낼 수도 없는, 복잡미묘하지만 깊디깊은 고독의 감정에 빠져야 하는가. 내가 한국 프로야구와 한화이글스에 뭘 잘못했단 말인가. 왜 나만 귀한 잔치판에서 소외되어야 하는가. 불행의 원인을 혼자서 추적해보니 이놈의 군대 탓이었다.

내가 나온 5사단 열쇠부대 35연대 1대대는 인근 부대와 주민들에게 '슈퍼땅개'라는 별명으로 불렸다. 육군 전체에서 훈련량이 1위였기 때문이다. 우리에게 막사란 지난 훈련 출동과 다음 훈련 출동 중에 잠시 정비하는 베이스캠프나 대피소 수준이었다. 1999년은 북한의 무력도발로 연평해전이 발발한 해다. 연평해전의 여파로 훈련의 강도와 횟수가 극악해졌다. 우리 대대 병사들은 수개월 간 영혼 없이 움직이는 훈련 기계 신세로 전락했다. 주말마다 내무반에서는 행군과 전술이동에 걸레짝이 된 발에서 나는 피비린내가 진동했다. 그러니 한국시리즈를 한 경기라도 시청할 여유 따위는 누구에게도 없었다.

한국 군부대는 각자의 스토리를 가지고 있다. 육군 8사단 오뚜기 부대는 전 세계에서 가장 행군량이 많은 부대인데, 하도 걷느라 발이 다 닳아 없어지고 팔로 기다가 팔도 닳아서 오뚜기가 되었다는 속설이 있다. 21사단 백두산 부대의 별명은 '백두삽'이며, 별명에 어울리게 끝없는 삽질로 고생하는 부대다. 하필이면 백두산을 형상화한 부대 마크도 삽날처럼 생겼다. 병사들 사이에서는 "총검은 녹슬어도 삽날은 빛난다."는 구호가 널리 통용된다. 5사단의 공식 명칭은 아라비아 숫자 5를 열쇠처럼 변형해 그린 마크답게 '열쇠 부대'다. 공식적으로는 '통일의 열쇠'라는 의미다. 하지만 이 열쇠는 누가 봐도 휠체어처럼 생겼다. 장병들 사이에서는 '휠체어 부대'로 통하는데, 이 별명에는 훈련이 지나친 나머지 두 발로 걸어 들어가 휠체어 타고 나온다는 설명이 배경으로 딸려 있다.

다행히 나는 휠체어를 타는 신세는 면했다. 몸은 무사했지만, 마음은 무너졌다. 군대는 내게서 한화이글스의 우승을 앗아갔다. 나는 단지 논산훈련소에 입대했을 뿐인데 군대는 기초군사훈련을 마친 나를 5사단에 보냈다. 아니, 5사단에 내던지고 가두고 방치했다. 내가 처음이자 마지막 우승의 기쁨에 함께하지 못

하도록 말이다! 내가 조국과 국군에 뭘 잘못했단 말인가. 나라에 돌반지도 바쳤단 말이다. 또 나는 한화이글스에 무슨 잘못을 했단 말인가. 충성을 다 바쳐 응원한 죄밖에 없는 나만 빼고 우승할 수 있단 말인가. 옛날 아이들끼리 길바닥에서 놀 적에도 깍두기란 게 있었다. 나는 깍두기도 못 된단 말인가.

누군가는 내게 말할 것이다. "그럼 한화이글스가 네가 제대할 때까지 일부러 못하기 위해 노력이라도 해야 했단 말이냐." 아니 잠깐, 내가 왜 배신감에 괴로워했는지 설명할 테니 내 말을 좀 들어보길 바란다. 한화이글스는 1997년에 꼴찌에서 2등을 했다. 1998년도 꼴찌에서 2등이다. 1999년에 우승한다는 건 아무도 상상할 수 없었다. 한화이글스는 1999년 정규시즌에서 4위의 승률을 기록했다. 당시 한국 프로야구는 8개 구단 체제였으니 딱 중간의 성적이었다. 그런데도 어린 시절의 꿈과 열정을 모두 바친 강팀일 때는 못했던 우승을 덜컥 해버렸으니 내 뒤통수가 물파스를 바른 것처럼 얼얼한 건 당연하지 않은가. 이쯤 되면 우승할 수도 있을 것 같다는 신호쯤은 미리 보내줘야 하지 않은가. 우승 예고제를 법제화하고픈 심정이다.

최후의 첫사랑

군 제대 후 내 마음은 자연스럽게 야구에서 멀어지게 되었다. 한 번 한화이글스의 팬인 이상 소외감을 느꼈다는 이유로 다른 팀의 팬이 되거나, 이글스의 상태팀을 응원할 수는 없다. 내게 한화이글스를 향한 열정이 식었다는 것은 야구 자체를 등지는 일을 의미했다.

영국 프리미어리그 축구팀 아스날의 열렬한 팬이었던 작가 닉 혼비는 《피버 피치》에서 응원팀의 팬으로서 이혼은 가능하지만 재혼은 불가능하다는 명언을 남겼다. 경기장에 가는 일을 그만둠으로써 응원을 멈출 수는 있지만 다른 팀을 향한 응원은 불가능하다는 얘기다.

맞다. 자신의 팀과 헤어질 수는 있다. 하지만 다른 팀의 팬이 될 수는 없다. 재혼 대신 재결합만 가능하다. 같은 현상을 한국 야구팬들은 돈세탁이라는 단어를 이용해 '팀세탁은 불가능하다'는 말로 표현한다.

내 마음속에는 언제나 이글스에 대한 사랑과 추억이 자리 잡고 있었으므로, 이혼서류에 도장을 찍은 적은 없다. 그저 별거 생활을 했다고 보면 된다. 하지만 바람을 피운 것은 사실이다. 바람의 상대는 축구였다. 마침 축구는 2002년 월드컵 4강 신화로 육감적인 몸매와 애교를 뽐냈다. 나는 축구의 역사와 원리에 빠져

들었다. 친구와 두 권의 축구책을 공저해 출간했고 축구평론가로 활동했다. 공중파 라디오의 고정출연자로 축구 이야기를 하기도 했다. 이 정도면 파국을 향해 질주하는 프랑스 에로티시즘 영화 뺨치는 깊은 불륜이라고 할 수 있다. 그러나 세기말에서 시작된 외도는 계속되지 못했다. 나는 한화이글스와 재결합했다. 이글스가 기쁨을 주었기 때문은 아니다. 오히려 반대다.

세기말적 분위기는 어느새 깨끗이 사라졌다. 지금 한국은 IMF로 쓰러진 수많은 전사자와 부상자를 전쟁터에 남겨두고 선진국 대열에 올라서는 데 성공했다. 하지만 새삼 기억을 되돌리면 한국은 외환위기라는 잔혹한 펀치에 쓰러졌음에도, 아니 쓰러졌기 때문에 21세기를 준비하기 위해 모두가 각자의 방식으로 몸부림쳤다. 나도 몸부림쳤다.

안 좋은 일이 연달아 일어났다. 어머니가 몸져누웠고 간병을 위해 벌이가 좋은 일을 그만둬야 했다. 다시는 그 일을 할 수 없었다. 단행본 만화 시나리오를 쓰는 일이었는데 새로운 산업인 웹툰에 밀려 업계 자체가 소멸하는 시기였다. 급한 대로 월급이 적은 직장에 다니게 됐다. 한국의 훌륭한 의료보험제도 덕에 기본적인 치료는 무료나 마찬가지였지만 장기간의 입원비와 북유럽제 신약 값에 저축이 순식간에 녹아내렸다. 난 경제적으로 몰락했다. 어머니의 건강에 집중하느라 결혼을 약속했던 사람을 소외시켰고, 결국 이별했다. 어머니는 돌아가셨다. 일과 간병으로 이미 부족한 잠을 더 줄여가며 쓴 책은 거의 팔리지 않았다. 어머니의 죽음이 가습기 살균제 피해 때문이라는 사실을 알게 되었다. 프리랜서 자격으로 수개월에서 수년이 걸려 매달린 프로젝트는 모조리 엎어졌다. 물이 위에서 아래로 흐르는 것처럼 자연스럽게 알콜중독에 빠져들었다.

고통은 연대감을 선사한다. 한화이글스는 어느새 암흑기에 들어서 있었다. 내가 고통에 빠지자 한화이글스의 고통을 외면할 수 없게 됐다. 야구팀이 놀림감이 되면 그 팀의 팬도 굴비 두름처럼 묶여 놀림감이 된다. 우승에 나를 끼워주지 않은 일은 상관없어졌다. 놀림감이 되는 일에서 비겁하게 나만 빠질 수는 없는 노릇이었다. 그래서인가, 실은 어머니가 돌아가시기 전부터 나도 모르게 한화 경기를 다시 보기 시작했다. 돌아가신 후, 모든 게 선명해지는 경험을 하게 됐다.

어머니의 방에서 유품을 정리하다가 한화이글스 창단 어린이회원 카드를 발견했다. 어머니는 두 아들이 이글스와 맺어진 존재라는 증거를 평생 보관하고 계셨다. 결심은 필요 없었다. 이글스 열성 팬으로 되돌아올 순간이라는 사실을 알게 되었을 뿐이다. 단풍을 보고 가을이 왔음을 아는 데 결심이나 고민은 필요치 않다. 여름이 지나면 가을이 올 것이듯 나는 처음부터 첫사랑과 재회할 운명이었다.

행복의 쇠창살

번뇌의 비밀번호

행복도 불행도 운명이다. 나는 2008년부터 한화 야구를 다시 보기 시작해, 어머니가 돌아가신 2011년부터 과거의 열성 팬으로 원상 복귀했다. 2008년은 하필 한화의 암흑기가 시작된 해이며, 2011년부터는 암흑이 형광등 하나 없는 칠흑으로 바뀌기 시작한 해이다. 나는 한화 팬들 사이에서 고통에 관한 한 최고의 순도를 자랑하는 성골이다. 물론 자랑거리가 될 일은 아니다. 그러나 나만의 뒤틀린 경쟁심 탓에 왠지 누구에게도 이 분야에서 지고 싶지 않다.

공식 야구계에는 비밀번호라는 말이 없지만, 비공식 야구계에는 있다. 이 말을 이해하려면 한국 야구팬이 얼마나 비관적인 사람들인지 알아야 한다. 희망이 아닌 절망의 문을 여는 비밀번호라는 뜻이다. 당연히

한화에 없을 리 없다. 오직 암흑기에 오래 빠진 팀만이
비밀번호를 얻을 수 있다. 비밀번호는 여러 해의 최종
순위를 이어붙인 숫자를 말한다. 주로 가을야구에 진
출하지 못한 채 이어지는 순위를 기준으로 삼는다.

5886899

2008년부터 2014년까지를 요약한 한화의 비밀번호다.
7년간 꼴찌가 다섯 번이다. 특히 마지막 두 자리 99에
주목할 필요가 있다. 신생팀 NC 다이노스가 정규리그
에 합류한 해가 2013년이다. 한화는 신생팀에도 밀려
꼴찌가 되었다. 즉 한국 프로야구 최초의 9위 꼴찌다.
다음 해 2014년에는 한국 프로야구 최후의 9위 꼴찌를
기록했다. 2015년부터 또 다른 신생팀 kt wiz가 합류해
10개 구단 체제가 되었기 때문이다. 롯데 구구콘도 아
니고, 비밀번호가 99를 마지막으로 끝났을까? 그럴 리
가. 비밀번호는 연장되었다.

5886899678

10년 연속 포스트시즌 진출 실패. 이 분야의 공동 1위
LG와 어깨를 나란히 하는 빛나는 기록이다. 678이라

니 그나마 약간의 발전이 있었던 게 아니냐고 되물을 수 있겠다. 뒤에 말하겠지만, 팀의 기둥뿌리를 뽑고 초가삼간을 다 태우고 얻은 순위가 저거다. 다른 팀들처럼 상식적으로 구단을 운영했다면 장담컨대 10개 구단 체제의 꼴찌 연속 번호인 000이 찍혔을 것이다. 그리고 고작 678의 대가로 제2의 암흑기가 활짝 열리고 말았다.

2023년까지, 장장 16년의 암흑기…. 이것은 한 인간이 분노하고, 화병에 걸리고, 울부짖다 목이 쉬고, 좋아서가 아니라 하도 어처구니가 없어서 피식 웃고, 웃다 보니 실성하고, 정신줄 놓은 웃음이 관세음보살의 미소로 바뀌고, 마침내 해탈해 부처가 되기에 충분한 시간이다. 한화이글스가 이 지경이 된 근본 원인은 의리다. 한화이글스라는 구단은 모기업, 구단주, 선수들, 팬들, 응원 문화까지 의리의 쇠사슬에 한데 묶인 구단이다.

회장님 우리 회장님

오랫동안 이글스 팬들에게 '회장님'으로 불리고 있는 한화그룹 김승연 회장은 의리의 화신으로, 미담도 괴담도 모두 의리에서 비롯되는 인물이다. 아들이 술집 종업원에게 맞자, 가족에 대한 의리를 지키기 위해 종업원들을 청계산에 끌고 가 두들겨 팬 일은 유명하다. 법정에서 검사에게 한 말은 전설로 남았다. "권투를 좀 아십니까?"

김승연 회장은 의리의 펀치를 직접 시범 보이며 폭행 현장을 생생하게 재현했다. 피고가 법정에서 이토록 숨김없이 자신에게 불리한 증언을 한다는 것은, 투명한 법질서에 대한 의리 때문이 아니었을까. 하지만 한화 팬이 김승연 회장을 싫어하는 일은 불가능에 가깝다. 그의 의리는 괴담보다는 미담을 훨씬 많이 만들어내기 때문이다.

한화는 대전에서 일어난 그룹이다. 한화는 일전에 본사를 대전으로 옮기려고 했다. 연고지와의 의리를 지키기 위해서다. 그러나 서울공화국인 한국의 현실을 거스를 수는 없었다. 본사 이전 무산에 실망했을 대전 시민들에게 미안했던 김승연은 대전에 첨단 산업단지인 대덕 테크노밸리를 지어 바쳤다. 임직원들은 사업성이 없다며 김승연을 뜯어말렸지만, 그의 의리를 막을 수 없었다. 대덕 테크노밸리는 현재 수만 명의 고용을 책임지며 매년 대전시에 막대한 매출과 세수를 선사한다.

김승연의 아들 셋은 모두 유학파 출신이다. 자식들이 보고 싶어서 운 적도 있다고 한다. 그러다가 기러기 아빠의 현실을 취재한 한 주간지 기사를 읽게 되었다. 김승연은 한화그룹 내의 기러기 아빠들을 찾아 아내와 자녀를 만나러 갈 왕복 경비와 5일간의 특별 휴가를 주었다. 은혜를 벼락처럼 내린다는 점에서 그는 봉건 영주에 가깝다. 김승연은 자신과 직원을 동등한 계약 당사자로 생각하지 않는다. 그에게 한화그룹 직원과 한화이글스 선수, 한화 팬은 자신의 백성이다. 현대 기업인으로서 어째 문제가 없어 뵈진 않지만, 확실한 점은 김승연이 적어도 '봉건 영주로서는' 몹시도 훌륭한 나으리라는 사실이다.

김승연은 큰 손해를 감수하고 임직원 100% 고용 승계를 조건으로 계열사를 매각했다. 다른 그룹의 생소한 문화에 적응하지 못해 퇴사한 직원들을 다시 채용하기도 했다. 교통사고를 당해 하반신을 쓰지 못하게 된 직원을 임원으로 승진시키는가 하면, 호텔을 리모델링하는 2~3개월 동안 모든 호텔 직원에게 유급휴가를 주기도 했다. 경향신문은 한화그룹 산하에 있다가 독립했는데, 이 과정에서 신문사 부채 5300억 원을 조건 없이 떠안았다. 징역을 살다가 출소했을 때에는 바깥 공기를 마시고 기분이 좋았는지 그룹 전 직원에게 두둑한 보너스를 챙겨주었다. 김승연은 보너스를 줄 때 직군과 직급을 가리지 않는다. 한화를 위해 일하고 있다면 비정규직 환경미화원에게까지 수십만 원씩 보너스가 날아가 꽂힌다.

김승연, 그의 의리는 안 되면 되게 하는 의리다. 한화건설의 이라크 공사 현장을 방문했을 때 그는 현지 직원들에게 가장 먹고 싶은 음식을 물었다. 직원들은 회가 먹고 싶다고 대답했는데, 당연히 한국에 가자마자 먹게 될 음식이라고 생각했을 것이다. 틀렸다. 김승연은 광어회 600인분을 비행기에 실어날랐다.

김승연은 천안함 희생 장병 유가족을 한화그룹 계열사에 우선 채용한 일로 화제를 모았다. 야구에서도 그의 의리는 계속된다. 한화이글스는 쓸모가 다하자 롯데자이언츠에 헌신짝처럼 버림받은 최동원을 2군 감독으로 모시고 극진히 예우했다. 최동원은 2011년 암으로 사망했는데, 한화그룹은 김승연의 지시에 따라 그간의 병원비 전부와 장례 비용을 떠맡았다. 최동원은 자신의 어깨를 갈아 바치며 롯데에 첫 번째 우승을 선사했지만, 정작 그의 말년을 책임진 건 김승연과의 짧은 인연이었다.

김승연의 미담 중에서도 가장 감동적인 일화는 한화케미칼 공장에서 폭발 사고가 났을 때다. 이때 협력업체 직원 6명이 사망했다. 사실 대기업의 입장에서는 이런 순간을 위해 협력업체가 필요한 게 비정한 현실이다. 직접 고용하지 않은 인력의 희생에 대해서는 직접 책임질 필요가 없으니까. 그런데 김승연은 아무 조건 없이 희생자들에게 한화그룹 임직원에 해당하는 보상을 해주었다. 한국은 재벌 총수가 늘상 욕을 먹는 나라이고, 김승연도 대중의 손가락질을 피하지는 못하는 신세다. 그러나 그는 인간성 앞에서 계산기를 두들기지 않는다는 점에서 독보적으로 특이한 재벌 총수다. 청계산과 법정에서도 계산기를 두들기지 않아서 문제였지만.

한화그룹 일가는 대한민국에서 거의 유일하게 남자들이 군 복무 문제에서 완전히 깨끗한 재벌가다. 아시안게임에서 금메달을 따 정정당당하게 군 면제를 받은 한 명을 제외하면 모두 '짬밥'을 먹어봤다. 한화가 국군에 무기 팔아서 큰 기업인데 나나 아들놈들이나 치사하게 군대 빠지면 그건 의리가 아니다! 김승연은 이토록 상쾌하고도 화끈한 이유로 일가족의 성실한 군 복무를 설명했다. 아니 회장님, 그래도 겉으로는 '시민의 의무'나 '국가' 같은 말을 입에 담아야 하지 않겠습니까. 마음만 먹으면 면제받을 수 있었다는 얘기가 되잖아요. 한화 팬도 머리로는 그의 말이 어딘가 심각하게 틀렸다는 사실을 안다. 하지만 가슴으로는 '회장님'을 좋아한다.

김승연의 아버지이자 한화그룹의 1대 창업주인 고 김종희 회장도 강력한 마초였다. 그는 일제강점기 시절 덩치가 큰 일본인 럭비부 학생 네 명이 조선인 학생 세 명을 둘러싸고 괴롭히는 모습을 보았다. 일본 학생들은 조선인보다는 컸지만, 김종희보다는 작았다. 한화 일가는 키가 크기로 유명하다. 소년 김종희는 박치기를 동원해 일본 학생들을 때려눕혀 민족에 대한 의리(!)를 지켰다. 그 대가로 학교에서 퇴학당하고 고생스러운 청년기를 보내고 말았지만.

한화를 대표하는 타자 김태균은 일본에 건너가 두 시즌을 뛰었다. 정확히는 한 시즌 반을 뛰었다. 김태균은 종잡을 수 없는 즉흥적인 성격의 소유자다. 그는 2011년 도호쿠 대지진이 나자 갑자기 일본을 뜨고 싶어졌다. 황당한 일이었지만 일본 현지와 국내의 비난에 아랑곳하지 않고 소속팀인 치바 롯데와의 계약을 해지해버렸다. 이 소식에 한화이글스 팬들은 '회장님'이 화끈하게 다시 우리 태균이를 품어주는 모습을 상상하며 가슴이 부풀었다. 우리는 벌써 김태균을 그리워하고 있었으니까.

2011년 8월 7일, 김승연은 대전 홈구장을 찾았다. 팬들은 김태균의 이름을 연호했다. 당연히 회장님 들으라는 외침이었다. 김승연은 주먹을 불끈 쥐며 화답

했다. 역시 화통하신 우리 회장님, 우리의 영주 전하시다. 그는 웃돈을 주고 김태균을 냉큼 연행해왔다. 그는 의리 앞에 돈을 아끼지 않는다. 팬들도 김승연을 향한 환호를 아끼지 않는다. 한화의 의리란 그런 것이다.

의리가 징글징글

2006년 가을, 당시 한화이글스 감독이자 그해 WBC 국가대표팀 감독이었던 김인식이 대전에서 택시를 탈 때 기사님들은 요금을 받지 않았다. 그해 한국은 WBC에서 단 1패만 당하고 나머지 경기에서 전승했다. 한국 대표팀은 전국적인 센세이션을 일으켰다. 하지만 대전 시민과 이글스 팬은 김 감독이 택시를 공짜로 탄 일이 WBC와는 아무 상관도 없다는 사실을 잘 안다. 순전히 한화이글스를 한국시리즈에 올려놓았기 때문이다. 한화 팬은 10대 0으로 지고 있어도 해맑게 응원하는 모습 때문에 진정한 야구팬, 진짜 야구광으로 불린다. 진실을 말하자면 한화 팬은 야구를 좋아하지 않는다. 우리는 야구가 아니라 한화이글스를 좋아한다. 야구 하느라 만년 꼴찌인데 야구를 좋아할 리가. 달리기가 느린 학생은 운동회를 좋아하지 않는다.

　의리는 한화이글스를 먹여 살린다. 한화는 아무리 못해도 팬들이 의리로 응원하기에 존속하는 팀이다.

한화의 오랜 암흑기의 밑바닥에는 의리가 도사리고 있다. 한화는 프랜차이즈 스타를 버리지 않는다. 2000년대 초반부터 한화는 슬슬 몸이 삐걱거리기 시작한 노장 선수들에게 시합을 믿고 맡겼다. 노장들은 노장들대로 의리를 지키기 위해 몸이 부서져라 뛰었다. 사실 운동선수는 몸에 한계가 오면 자기를 위해서나 팀을 위해서나 주저앉는 요령도 필요하다. 또 야구는 경영과 비슷해서, 팀은 계산기를 두들길 줄 알아야 리그에서 생존한다. 그래서 한화를 제외하면 매년 미래의 '숫자'를 위해 선수를 버리는 비정한 선택을 한다.

팀과 선수의 의리가 만난 전형적인 예는 정민철이다. 한화는 팀을 위해 오랫동안 헌신한 전설의 투수 정민철에게 고액 연봉을 줘가며 끝까지 예우했다. 정민철은 그런 팀을 위해 더더욱 헌신했다. 그 결과 정민철은 선수 생명이 빨리 끝나는 시대의 투수임에도 38세에 은퇴했다. 마지막 시즌에는 공을 제대로 던진 적도 없다. 누가 봐도 의리 계약이었다. 그나마 정민철은 2009년에 은퇴했다. 한화이글스의 영원한 마무리 구대성은 2010년까지 마운드에 올랐다. 그런데 그는 정민철보다 세 살 많다.

노장들이 마지막 불꽃을 태우던 시절 한화는 기둥뿌리가 썩어가고 있었다. 신인 선수들이 제대로 육성

되지 못하면서 미래가 삭제되었다. 애초에 한화는 신인을 세심하게 키우지 않으면 안 되는 팀이다. 전국에서 신인 선수층이 가장 얇은 팀이라서다. 한화의 텃밭이자 김종회 창립자가 설립한 천안 북일고는 야구 명문이지만, 문제는 팀의 경작지가 천안 북일고와 공주고, 대전고, 세광고 등 몇 개 학교뿐이라는 데 있다. 그런데도 신인 육성을 뒷전으로 밀어놓고 팀과 노장들이 얼싸안은 채 마지막 불꽃을 태웠으니, 노장들이 떠나가고 남은 자리는 하얀 재뿐이었다.

한국 야구계에는 '류패패패패'라는 신비한 단어가 떠돌아다닌다. 한화의 밑천이 드러난 건 2008년 베이징올림픽이 끝나고서였다. 한화의 영원한 소년가장 류현진이 선발로 등판한 경기에서 이긴다. 류현진이 등판하지 않은 네 경기에서 연달아 패배한다. 이 기이한 자연 현상은 무려 3주간 계속되었다. 4연패 후 1승, 4연패 후 1승, 또 4연패 후 1승…. '1승 4패'가 아니라 '1류 4패'로 불려야 마땅하다.

2009년부터 한화이글스는 확실한 꼴찌팀으로 자리매김했다. 그런데도 구단 관계자들은 2012년의 목표를 우승으로 정했다. 한화는 기업도 구단도 사람을 자르지 않는다. 웬만해서는 절대 잘리지 않는 관계자들의 삶이, 직장인들이 무참히 잘려나가고 장사를 못하면 여지없이 가게가 망하는 현실과 동떨어져서일까. 그들의 판단도 종종 현실과 동떨어진다. 구단이 2012년에 우승을 다짐한 이유는 세 가지가 전부다.

1) 회장님에게 붙잡힌 태균이가 돌아온다.
2) 의리의 충청도 사나이 박찬호가 메이저리그 생활을 접고 한화에 와주었다.
3) 메이저리그에 진출할 소년가장 류현진이 한국에서 뛰는 마지막 해다.

야구는 세 명이 하는 스포츠가 아닌데, 어째서인지 2012년 한화이글스의 신년 건배사는 '우승'이었다. 그리고 꼴찌로 시즌을 마쳤다. 그들은 자신을 과소평가했다. 한화의 꼴찌력(力)이 얼마나 막강한지는 간단한 숫자로 증명된다. 2009년부터 2022년까지 14년간 8번 꼴찌였다.

소년가장 생존기

한화 팬들은 류현진에게 특별한 애착을 갖는다. 팀 역사상 최고의 투수를 사랑하는 거야 당연하지만, 한화 팬의 애착에는 죄책감이 섞여 있다. 류현진은 인천 사람이다. 인천에서 태어나 인천 최고의 야구 명문 동산

고등학교를 졸업했다. 충청도와는 아무 연고가 없다. 재능에 해를 끼치지 않는 평범한 운을 타고났다면 좋았으련만, 그만 드래프트에서 한화이글스에 지명당하고 말았다.

류현진은 데뷔 첫해에 다승왕, 평균자책점 1위, 탈삼진 1위를 기록했다. MVP, 신인왕, 골든글러브를 동시에 수상했다. 그러나 얼마 지나지 않아 망한 집안 살림을 혼자 책임지는 소년가장이 되었다. 식구들은 소년가장을 돕지는 못할망정 방해라도 하지 말아야 했다. 하지만 아버지(감독)는 막내만 믿고 누워있고, 형들은 집 밖에서 사고 치고 다니고, 누나들은 가게를 열었다 망하기를 반복했다. 한화의 처참한 득점력과 이게 고등학교 야구부 출신이 맞는지 의심스러운 수비 실력은 류현진의 마운드를 헤어나올 수 없는 지옥으로 만들었다. 한화 수비진에 있어 타구란 무엇인가. 눈이 있는데 어찌하여 보지 못하며 글러브가 있는데 어찌하여 잡지 못하는가. 팔이 있는데 어찌하여 던지지 못하며 두 발이 다 있는데 어찌하여 공 앞에서 자빠지는가.

침묵하는 방망이와 소란스런 수비 외에도 류현진에게 불리한 점은 하나 더 있다. 그는 다른 팀 투수처럼 한화를 상대할 수 없었다. 류현진은 형들의 합의금과 누나들의 대출 빚을 갚기 위해 새벽에 신문 돌리고 낮에 막노동하고 밤에 대리운전을 뛰었지만, 결코 집안을 일으킬 수 없었다. 류현진의 존재가 아니었다면 한화 팬들은 LG 트윈스에 숙연한 감사의 마음을 가지지 못했을 것이다. LG 팬들에게 죄송하지만, 한국 야구에는 금언이 하나 있다.

"류현진은 한화가 낳고 LG가 키웠다."

LG는 이웃집 소년가장이 고생하는 모습을 보고 식사를 무료로 챙겨준 마음 따뜻한 식당이었다. LG 선수들이 류현진에게 정성껏 삼진을 당해주고 승수를 챙겨주지 않았더라면 그는 야구선수 이전에 한 인간으로서 정신적으로 붕괴했을 것이다. 물론 아군에 대한 신뢰는 애저녁에 붕괴했지만. 류현진이 초등학생 투수와 나눈 대화는 한국야구 청사(靑史)에 아로새겨져 있다.

"너 타자가 들어오면 무슨 생각하고 던져?"
"그냥 수비 믿고 던져요."
"수비 믿고 던지면 안 되지. 네가 잡아야지. 네가 이겨야 한다. '이 타자를 무조건 잡아야 한다. 삼진으로 무조건 잡아야 한다.' 이런 생각으로."

류현진은 메이저리그에 진출한 첫해인 2013년에 14승 8패를 기록했다. 미국 야구팬들은 2012년에 한국 프로야구에서 9승 9패를 기록한 선수의 실력에 깜짝 놀랐다. 갑자기 미국에서 자성의 물결이 이는 듯했다. 이제 세계 야구의 수준이 상향평준된 모양이었다. 미국이 세계 최강이라고 거들먹거리고 있으면 안 되는 것처럼 보였다.

하지만 한 미국 야구팬이 류현진이 한국에서 고통받는 영상을 유튜브에 올렸다. 한화의 수비를 본 미국 팬들은 깜짝 놀랐다. 이게 설마 겨우 한 시즌에 벌어진 일이란 말인가? 아니다. 하루에 벌어진 일이다. 그 영상은 2012년 8월 23일 경기 하이라이트였다. '류현진 멘붕 경기'로 불리는 이 전설의 시합에서 류현진은 5실점을 하고 패전투수가 됐는데, 3실점이 수비 실책에 의한 것으로 기록되었을 뿐 실제로는 5실점 모두 수비진의 잘못이었다.

LA 다저스 선수가 되기 전 한화 유니폼을 입고 던진 마지막 경기는 전설적이다. 류현진은 이날 작정하고 나왔다. 그는 넥센 히어로즈의 강정호에게 솔로홈런을 맞아 단 한 점만 내줬을 뿐, 10회까지 123구를 던지며 12개의 삼진을 잡았다. 류현진의 한국 프로야구 커리어에서 단연 최고의 경기로 꼽힌다. 그렇게 모든 것을 불태웠지만 승리투수가 되지 못했다. 놀랍게도 한화는 이기지 못하고 연장 무승부로 경기를 마쳤다. 류현진의 투구뿐 아니라 승부 결과도 전설로 남은 경기다.

팬들에 대한 류현진의 매너는 몹시 안 좋다. 그는 팬들이 사인을 요청하거나 아는 척을 하면 노골적으로 귀찮아한다. LA 다저스 시절 팀 동료들이 모두 팬들에게 붙잡혀 '사인 노동'에 종사 중인 가운데 자신만 전력 질주로 뛰어 탈출하는 모습이 카메라에 찍힌 적 있다. 심지어 돈 매팅리 감독까지 열심히 사인 중이었다. 나는 그걸 보고 속으로 비명을 질렀다. '저게 뭐 하는 짓이야!'

불쾌해서가 아니다. 어디까지나 미국에서 욕먹고 다닐까 걱정해서다. 한화 팬에겐 류현진에게 화가 나는 감각 자체가 없다. 그래서 류현진의 속 편한 태도에는 사실 한화 팬들의 책임도 있다. 아마 다른 팀 선수였다면 볼썽사나운 모습을 보일 때 누구보다 먼저 자기 팀 팬들에게 비난을 들을 것이다. 한화 팬은 다르다. 소년가장의 어깨를 무겁게 하는 일에 우리마저 동참할 수는 없다고 생각한다. 이게 한화 팬이 의리를 지키는 방식이다.

생각해보면 류현진은 팀의 꼴찌 순위를 위해 그

값비싼 팔을 숱하게 갈아 바쳤다. 그는 미국에 진출한 후 어깨 수술 한 번, 팔꿈치 인대 재건술인 토미 존 수술 두 번을 받았다. 더군다나 류현진은 한화에 오직 이익만을 주는 존재다. LA다저스는 280억 원을 주고 그를 데려갔다. 이 돈은 일명 '류현진 머니'로 불리며 스타 선수들을 사 오는 밑천이 되었다. 훗날 메이저리그 생활을 접고 8년 연봉 총액 170억 원의 조건으로 한화에 돌아왔다. 한화가 미국에 진출하기 전 그에게 결제한 계약금과 연봉까지 모두 합산해도 무려 90억여 원의 차익이 남는다. 처음에 그는 한화에 선택되었지만, 나중에 그는 한화를 선택했다. 그는 의리를 지켰다. 그렇다면 팬들도 의리를 지키는 수밖에 없다. 우리는 의리에 죽고 의리에 산다. 의리에 지고 의리에 응원한다.

실존주의적 야구단

한국 야구팬 사이에는 '엘롯기'라는 말이 있다. 오랫동안 만년 하위 팀이었던 엘지, 롯데, 기아 삼총사를 부르는 말이다. 세 팀은 전성기 시절의 SK와이번스를 만나기만 하면 가혹하게 두들겨 맞았다는 공통점이 있다. 또 SK의 에이스 투수 김광현의 성적을 앞다투어 책임져주었다. 김광현이 양심이 있는 사람이라면 훗날 그의 평생 수익에 크게 기여한 세 팀에 성금을 기부해야 마땅하다.

엘롯기는 야구를 보지 않을 수도 없고, 보면 괴로운 서글픈 야구팬의 처지를 상징하는 말이다. 그러나 엘롯기 팬들은 서로의 처지를 한탄하고 위로하면서 자신보다 비참한 처지에 놓인 사람들이 있다는 사실을 간과했다. 21세기 한국 프로야구 최하층민인 한화 팬이다. 한화는 의리의 쇠사슬에 묶여 암흑에 빠진 팀이지만, 아니 그래서 팬들은 의리를 지키기 위해 결집했다. 의리마저 없다면 한화이글스는 아무것도 아니니까.

한화이글스의 별명은 어느새 다이너마이트가 아니라 한화치킨스로 바뀌었다. 치킨스는 곧 훨씬 사용이 편하면서 다양한 기능성을 자랑하는 '칰'이 되었다. 공무원처럼 절대 잘리지 않는 구단 관계자들은 '칰무원'이다. 구단 운영사무소인 프론트 오피스는 '칰런트'다. 한화 치어리더는 '칰어리더', 유니폼은 '칰니폼'이다. 모든 존재의 이름은 처음에는 별명이었을 것이다. 별명은 비공식적이지만, 공식에서 벗어났기에 본질을 잘 가리킨다.

한화이글스를 가리키는, 비공식적이면서 본질적인 말은 하나 더 있다. 바로 '행복'이다. 관중석을 채운 팬들은 의리를 지키며 끈질기게 응원한다. 현재 팀

순위 꼴찌, 오늘 경기 13:0으로 지고 있을 때도 응원한다. 중간에 자리를 뜨지도 않는다. 그러다 한 점을 냈을 때, 홈구장인 대전 한화생명 이글스파크에는 여지없이 한화를 상징하는 노래가 울려 퍼진다. 단언컨대 전 세계의 모든 응원가 중 가장 낙천적인 노래다.

> 나는 행복합니다
> 나는 행복합니다
> 나는 행복합니다
> 이글스라 행복합니다

원곡은 고 윤항기 목사의 노래 〈나는 행복합니다〉이다. '정말 정말'을 '이글스라'와 '한화라서'로 바꾸기만 하면 확고부동하게 구단을 대표하는 불후의 응원가가 된다. 원곡과 같은 제목이지만 짧게 '행복송'으로도 불린다. 행복하지 않은데 의리를 지키기 위해 행복한 척하는 노래를 불러야 하는 현실은 얼마나 부조리하며, 또 얼마나 실존적인가.

행복송처럼 실존주의적 부조리를 드러낸 선배 작품들이 있다. 프란츠 카프카의 소설 《변신》이다. 소설에서 주인공 그레고르 잠자는 어느 날 자고 일어났더니 바퀴벌레로 변해 있었다. 정신 차려 보니 만년 꼴찌 팀의 팬이 되어 있는 한화 팬과 같은 상황이다. 한화 팬이나 그레고르나, 아무 잘못도 하지 않았다는 점에서 같다. 아무튼 우리는 한화이글스 덕분에 《변신》이 20세기 초 실존주의를 대표하는 작품인 이유를 훤히 알 수 있다.

《변신》과 함께 실존주의 문학의 양대 산맥으로 불리는 작품은 알베르 카뮈의 《이방인》이다. 이 소설은 끝내주는 첫머리로 유명하다. 주인공 뫼르소의 독백이다.

"오늘 엄마가 죽었다. 아니 어제였나. 잘 모르겠다."

한화 팬으로서 뫼르소에게 강력한 동질감을 느끼지 않을 수 없다. 한화 팬의 고민이 더 복잡하고 해결하기 어렵다는 차이뿐.

"한화도 가끔 이긴다. 그게 언제였나. 잘 모르겠다."
"오늘 한화가 졌다. 몇 연패인가. 잘 모르겠다."

뫼르소는 권총 다섯 발을 쏴 아랍인을 살해한 죄로 법정에 선다. 그는 살인의 이유가 "태양이 너무 눈부셔서"라고 진술하고 사형선고를 받는다. 한화 팬도 뫼르소처럼 설명할 수 없는 이유로 경기를 보고 패배를 선고발는다.

카뮈와 카프카의 직계 후예답게 한화는 부조리의 마에스트로다. 한화를 대표하는 응원구호는 '최강 한화'다. 한국 프로야구를 대표하는 농담이다. 홍창화 응원단장이 개발한 응원법으로, 모든 관중이 일어서 군대식의 앞뒤로 반동과 함께 오직 육성만으로 우렁차게 외친다.

최! 강! 한! 화!

주로 8회 공격 이닝에 선보이는 이 응원은 참으로 멋있고 장엄해서, 지금은 다른 팀들이 모방해서 사용한다. 그러나 농담답게 오늘도 형편없이 지고 있을 때는 다르게 들린다.

죄! 가! 많! 아!

다른 팀 팬들은 '최강'보다 '죄가'를 지지한다. 물론 한화 팬을 놀려 먹으려는 심보다. 인간 실존에 대한 소설인 밀란 쿤데라의 《농담》에서 주인공 루드비크는 그저 사소한 농담을 던졌을 뿐이다. 하지만 스탈린을 비꼬았다는 이유로 밀고 당하고 공개 비판을 받는다. 그는 공개 비판에서 친구 제마네크에게 비정하게 배신당하고 만다. 공산당은 루드비크를 학교와 당에서 쫓아내 군대와 광산에 15년간 유배 보냈다. 최강이라는 농담을 외친 대가로 죄 많은 자들이 된 한화 팬들이 겹쳐진다.

행복송과 현실의 괴리가 너무나 인상 깊었던 나머지 한화이글스에는 '행복 구단'이라는 별명이 붙었다. 한화의 야구는 행복 야구, 기상천외한 수비 실책은 행복 수비다. 팬들의 고통 역시 반어법이 적용돼 행복으로 불린다. 그런데 하도 행복이 강요되다 보니 내가 진짜 불행한 건지 행복한 건지 구분할 수 없는 지경에 이르렀다. 이 상태에서 응원을 계속하다 보면 불교적인 단계에 이른다. 불행이 곧 행복이요, 행복이 곧 불행인 불이(不二)의 경지다. 이에 걸맞게 한화 팬의 별명은 보살이다. 남들이야 어떻든 저런 팀을 포기하지 않고 끝까지 응원해주다니 성격이 보살 같다는 의미에서 붙인 별명이다. 하지만 한화 팬은 단순한 표현을 넘어 진정한 의미에서 보살이다. 하도 고통받다 보니 우울증에 걸리지 않기 위해서라도 반강제적 해탈을 해야 한다. 이렇게 말이다. "내일은 이기겠쥬."

《농담》의 루드비크는 15년 만에 돌아와 제마네크에게 복수를 시도한다. 제마네크의 아내와 불륜을 저지른 것이다. 하지만 제마네크도 젊은 여인과 바람을 피우고 있었다. 원수의 이혼을 도와준 셈이 되어버렸다. 아내를 사랑했던 젊은 시절의 제마네크는 없었다. 친구를 배신했던 제마네크도 없었다. 그는 친구를 배신한 일을 까맣게 잊었고 자신이 복수의 대상이라는 사실조차 모른다. 제마네크도 루드비크도 예전의 자신들이 아니다. 루드비크는 자신을 배신한 친구의 따귀를 때릴 시간이 이미 지났음을, 과거의 복수는 무의미해졌음을 깨닫고 결국 복수를 포기한다.

그렇다. 어린 시절의 이글스 팬이 아닌 다른 내가, 예전의 이글스가 아닌 칙 앞에 서 있는 것이며, 지나간 암흑기에 터뜨려야 하는 분통은 다시 되돌릴 수도, 복구할 수도 없이 영원히 사라져버리고 만 것이다. 루드비크에게 남은 삶만이 중요하듯 한화 팬에게는 굳센 응원만이 남을지라. 네 시작은 의리였으나 그 끝도 의리이리라. 너희 앞날의 영광도 파국도 의리로 말미암을지라. 행복의 쇠창살에 갇힘에 찬양할지어다. 나는 (아멘). 행복합니다(할렐루야).

행복 수비

행복 수비 정밀 분석 보고서

한국 프로야구의 격언 중 '답이 없는 한화의 수비'라는 말이 있다. 이와 쌍벽을 이루는 어록이 있다. LG 트윈스 팬이라는 사실 외에는 그 정체가 베일에 싸인 은둔 현자의 말씀이다.

> "이 팀은 솔직히 지구가 멸망할 때까지 안 됩니다."

LG는 지구가 멸망하기는커녕 2023년에 우승했다. 현자의 말씀은 물리법칙의 지위를 잃었다고 할 수 있다. 그러나 '답이 없는 한화의 수비'는 상대성이론이 발표되기 전까지의 뉴턴 물리학처럼 아직 공고한 과학적 지위를 유지하고 있다. '답이 없는 한화의 수비'의 동의어로 '행복 수비'가 있는데, 이 책에서는 보다 짧고

직관적인 '행복 수비'를 공식적으로 사용하겠다.

원숭이도 나무에서 떨어진다. 하지만 행복 수비처럼 자주 떨어지지는 않는다. 행복 수비는 항상 적용되는 물리법칙인 만큼 다양한 자연 현상으로 발현된다. 이 책에서는 과학적 분류법에 입각, 다음 일곱 개의 분류체계로 나누도록 한다. 평생 이글스를 관찰 및 분석해온 연구자로서 최고의 전문가임을 자부하는 바, 반박은 단호히 거부한다.

❶ 행복 송구

일반적인 실책은 행복이 아니다. 송구가 불안정해서 동료 야수가 포구하지 못하는 정도는 행복이라 불리지 못한다. 한화이글스가 아니면 이해되지 않는 수비에만 행복이라는 두 글자가 붙는다. 행복 송구는 크게 두 가지로 나뉜다.

첫째 패대기. 시선과 몸은 공을 받아줄 동료 야수를 향하지만, 어째선지 공을 전혀 엉뚱한 방향의 땅바닥에 패대기쳐버리는 행위다. 이 분야의 장인으로는 김태균이 있다. 나는 오랫동안 잘못된 결론을 내리고 있었다.

'패대기 현상을 통해 우리는 한화 야수들이 수비하는 장소에는 다른 곳보다 강한 중력이 작용한다는

사실을 알 수 있다.'

둘째 플라이 투 더 스카이(Fly to the sky). 공을 이유 없이 높이 던진다. 공을 받아야 할 동료 야수가 받지 못하는 건 당연하다. 나는 이 행위의 이유를 고찰하는 데 퍽 많은 시간을 보냈다. 처음에는 다음과 같은 결론을 내렸다. '중력에 사로잡혀 던져지고 땅에 추락하기를 반복하는 공을 지상에서 해방시켜주려는 행위.'

그러나 성층권을 뚫지 못하는 한 공은 지구로 되돌아올 수밖에 없다. 이 사실을 모르는 한화이글스 선수는 없을 것이다. 설마 자신의 어깨가 그렇게 강하다고 믿는 야구선수도 없을 것이다. 치열한 사유를 거듭한 결과 나는 정각(正覺, 올바른 깨달음)에 다다랐다. 플라이 투 더 스카이는 고수레였다.

한국인은 전통적으로 야외에서 식사하거나 행사를 치르기 직전에 음식의 일부, 특히 흰 밥을 허공에 뿌리면서 '고수레' 혹은 '고시레'라고 외쳤다. 어릴 적만 해도 시골에서 어르신들이 흰 막걸리 한 잔을 공중에 뿌리고 술판을 시작하는 모습을 보곤 했다. 같은 광경을 대학교 야외 술판에서도 목격했다. 비슷하게 몽골 유목민은 복을 기원하며 가축의 흰 젖을 공중에 흩뿌리곤 한다.

야구는 야외스포츠다. 그리고 공도 밥, 막걸리, 젖

처럼 하얗다. 야구를 하는 한 공을 하늘로 뿌려 자연에 바쳐야 마땅하다. 같은 원리를 적용하면 가만히 있는 땅을 일깨우는 패대기도 이해할 수 있다. 만물을 자라게 하는 땅에 드리는 제사였다. 그러므로 우리는 행복 송구를 문화사적 식견으로 바라보아야만 오롯이 이해할 수 있다. 바로 다음과 같이 말이다.

'현대스포츠인 야구가 전통적인 기복신앙의 요소를 수용하고 계승한 사례'

그러나 나는 여기서, 한 가지를 더 이야기하지 않을 수 없다. 행복 고수레와 행복 패대기는 마음만 먹으면 어떤 야구팀도 할 수 있다. 하지만 전 세계에서 오직 한화이글스만 고수하며 유네스코 세계문화유산 단독 등재를 기다리고 있다. 어째서인가.

결국, 성품의 차이라고밖에는 설명할 수 없다. 한국을 비롯해 세계 곳곳에서 발견되는 고수레 행위는 자본주의적 관점에서는 그저 먹거리를 스스로 줄이는 손해에 불과하다. 한화이글스 역시도 행복 수비를 할 때마다 아웃 카운트와 점수를 손해 본다.

고수레엔 인간이 아무리 땀 흘려 노동하고 생산한들, 먹거리는 결국 자연이 허락한 선물이라는 사실을 잊지 않는 겸허함이 있다. 이글스도 마찬가지다. 누군가는 야구의 신에 감사해야 한다. 한국 프로야구에서 유일하게 제사장의 역할을 스스로 떠맡은 팀이라 할 수 있다. 그러나 행복 고수레가 팬들의 동의를 받지 않은 독단적인 제사라는 문제가 남는다. 한화 선수들의 선행에는 팬들을 설득하는 중차대한 과제가 남아 있다.

❷ 행복 포구

포구 실책의 기본 개념은 간단하다. 상대 타자가 치거나 동료가 전달한 공을 잡지 못하는 것이다. 그러나 단순한 포구 실책은 행복 포구가 아니다. 정상참작의 여지가 전혀 없어야 행복 포구의 자격이 부여된다. 모든 한화이글스 야수가 행복 포구의 자질을 갖추고 있다.

❸ 행복 실종

행복 실종에는 두 가지가 있다. 첫째는 야수의 실종이다. 가령 야구선수라면 누구나 잡을 수 있고, 잡아야 하는 평범한 외야 뜬공이 낙하하고 있다고 해보자. 해설도 캐스터도, 감독도 관중도 시청자도, 투수도 포수도 공이 글러브 안에 안착하지 못하리라 생각할 수 없다. 그런데 공이 그대로 땅에 떨어진다. 대체 야수는 어디에? 야수는 그제야 저 멀리서 뛰어온다. 이럴 때는 높은 확률로 두 명이 뛰어오는데, 서로를 밀다가 일어난 일이라서다.

내야의 경우 송구 자체는 문제가 없는데 야수가 어딘가로 증발해 있어 공이 미아가 되는 현상도 있다. 한화의 1루, 2루, 3루는 아웃 카운트를 잡기 위한 송구가 날아올 때 가끔 텅 비어 있다. 송구한 선수가 목표한 상대 주자가 아닌 다른 주자를 잡기 위해 엉뚱한 곳에 가 있어서다. 물론 이때도 야수는 일이 벌어진 후에 헐레벌떡 귀가하지만 1실점이 2실점으로, 1아웃이 노아웃으로 피해가 확장된다. 소 잃고 외양간도 잃는 비술(祕術)이다.

둘째, 공의 실종이다. 예를 들어 1루수가 유격수나 2루수 둘 중 하나를 선택해 송구해야 하는 상황. 행복 실종은 이때 공이 유격수도 2루수도 아닌 둘 사이 허허벌판을 가로질러 가출하는 현상이다. 혹은 3루수를 향해도 물론 행복 실종이다. 공이 마땅히 있어야 할 곳에서 사라지면 관중의 어처구니와 팬들의 희망이 함께 실종된다. 공이 사라지는 마술이 펼쳐지면 실점이라는 현실이 닥쳐온다. 이는 문학에서 가브리엘 마르케스, 주제 사라마구 등이 개척한 '마술적 사실주의'를 계승한다.

❹ 행복 그 자체

합리적 이유 없이 행복을 선사하는 수비로 일종의 행위예술이다. 파울볼을 잡으러 뛰어가다가 공은 놓치고 자신은 벽에 부딪힌다든지, 행복 수비를 해놓고 땅바닥에서 한두 바퀴 굴러 상대 팀 선수와 팬들에게 큰 기쁨을 선사하는 등의 예술 활동이다. 예능이 아니라 예술인 이유는 고작 예능 따위로 행복 수비라는 거대한 바다를 설명할 수 없기 때문이다.

❺ 칡적화

칡적화는 칡과 '최적화'가 합쳐진 말이다. 원조는 삼성 라이온즈의 '삼적화'다. 제아무리 늘씬하고 잘생긴 선수라도 삼성에서 뛰다 보면 어느새 배 나오고 멋없는 동네 아재가 되는 현상이다. 칡적화 역시 한화이글스다운 선수가 되는 과정을 가리킨다. 칡적화는 두 가지로 분류된다. 일단 외모다. 후덕해지는 분야의 최고봉은 김태균이다. 한편 젊은 나이에 머리가 벗겨지는 장르의 대표자는 투수 장민재다. 그의 투구가 사직구장에서 롯데 타자 정훈의 몸을 맞춘 적이 있다. 사직구장은 부산 관중들의 분노로 순식간에 들끓어 올랐다. 하지만 분노한 정훈에게 장민재가 모자를 벗어 머리를 숙이자, 장내는 갑자기 숙연해졌다. 피해자인 정훈도 즉시 화를 멈췄다. 20대의 젊은이가 드넓은 이마를 내놓고 고개를 숙이는 것, 그것은 심장을 꺼내 보이는 일이나 마찬가지다. 그보다 진정성 있는 사과는 없으리라.

진정한 칙적화는 외모 변화가 아니다. 칙적화는 행복 수비를 함양해야 완성된다. 수비를 멀쩡히 잘하던 신인은 물론 스타 선수도 한화에 오면 어느 순간부터 행복 수비를 하게 된다. 칙적화를 대표하는 선수는 권용관이다. 그는 한화에 오기 전까지 타격은 삼다수처럼 맑은 물방망이어도 수비만큼은 확실한 선수였다. 그래서 김성근 감독은 그를 데려오며 "권용관은 수비로 3할"이라고 말했다. 수비만으로 3할 타격의 가치가 있다는 뜻이었다.

하지만 권용관은 재빨리 칙적화를 완료했다. 2015년 9월 9일 LG와의 경기, 3루수 권용관은 몸으로 땅볼 타구를 막아냈다. 하지만 공이 사라졌다. 권용관도, 동료들도, 해설도, 캐스터도, 관중도, 시청자도 공을 찾을 수 없었다. 공은 그의 유니폼 안, 복부 부분에 있었다. 마술적 사실주의의 정점이었다.

권용관은 다리 사이로 공을 놓치는 일명 '알까기'로는 행복 수비의 높은 기준을 충족하지 못한다는 사실을 증명했다. 포란(抱卵) 즉 알 품기 정도는 돼야 행복 수비다. 권용관은 '권용란'으로 불렸지만, 이 별명

은 오래가지 못하고 잊혔다. 그렇다, 포란 역시 행복
수비의 거대한 바다에 흡수되는 강줄기에 불과한 것이
다.

❻ 칙칼코마니
칙과 데칼코마니의 합성어다. 두 한화이글스 선수가
시합 중에 서로를 향해 달려가다가 완벽에 가까운 대
칭을 이루며 충돌하는 현상을 말한다. 보통 수비 중에
'저 공을 내가 잡아야 하는구나'하는 판단을, 공을 중
심으로 같은 거리에 있는 두 명의 선수가 했을 때 발생
한다. 두 선수의 충돌지점을 중심으로 데칼코마니 같
은 좌우대칭을 이룬다. 칙칼코마니는 행위예술의 차원
을 넘어선다. 핀란드의 오로라, 러시아의 백야와 더불
어 대전을 대표하는 자연현상이다. 이중 현대의 과학
력과 첨단장비로 계측되지 않는다는 점이 칙칼코마니
만의 특별함이다.

❼ 행복 공격
어째서 공격을 행복 수비의 일부로 분류했는지 독자분
들은 의아할 것이다. 하지만 행복 공격은 어디까지나
행복 수비를 통해 각인된 행복 야구 유전자가 공격 이
닝에도 발현된 결과다. 행복 공격은 야구의 고답적인

틀을 벗어나는 창조적인 방법으로 아웃당하는 행위다. 그래서 창조 아웃이라고도 한다. 박근혜 정부의 '창조 과학'과 더불어 한국을 대표하는 창조성이다. 창조 아웃과 창조 과학 모두 무엇을 위한 창조인지 아무도 모른다는 특징을 공유한다.

행복 공격은 창조성 그 자체인 만큼 워낙 다양해 세부 분류로 나누기 어렵다. 대표적인 세 가지만을 꼽겠다. 첫째는 주자가 베이스를 향해 달리다가 아무 이유 없이 꽈당 넘어지는 것이다. 9회 말 결정적 순간에 홈을 향해 달리다 넘어져 당한 주루사로 경기를 끝낸 적도 있다. 둘째는 베이스를 차지한 주자가 한눈을 팔다가 상대 수비에 터치아웃 당하는 멀뚱사(死)다. 세 번째는 칙칼코마니다. 1루 주자는 2루를 향해 뛰고, 3루를 향해 뛰던 2루 주자는 안 되겠다 싶어 황급히 돌아온 적이 있다. 두 주자는 좌우 양쪽에서 동시에 2루 베이스를 슬라이딩 터치했다. 칙칼코마니 법칙이 얼마나 강력히 작용하는지 알 수 있다.

이토록 한화의 주자가 창조적인 시도로 아웃당하는 데 성공하는 경우를 통틀어 행복사(死)라는 통합적 표현이 추천된다. 더불어 한화 팬이 행복에 못 이겨 차라리 죽고 싶어하는 현상에도 같은 단어의 사용이 가능하다.

웃음의 5단계

행복 수비는 웃음이다. 상대 팀 선수와 팬들은 좋아서 웃고, 제3의 팀 팬들은 웃겨서 웃고, 캐스터와 해설도 웃음을 참지 못하고, 한화 감독은 어이가 없어서 웃고, 해당 선수는 멋쩍어서 웃는다. SNS가 발달한 덕에 외국인들도 영상을 보고 웃는다. 마지막으로 한화 팬들은 더 화낼 힘도 없어서 웃는다.

연패가 계속되는 와중에 그나마 연패를 끊을 기회가 주어진 경기에서 행복 수비가 세 번쯤 반복되면 어쩔 수가 없다. 머리를 감싸 쥐고, 비명을 지르고, 욕을 하고, 한숨 쉬는 걸로는 감정을 표현할 수 없다. 웃음 외에는 다른 탈출구가 없다. 얼굴과 목, 어깨에 힘이 풀리고 눈이 초점을 잃으면서 웃음이 새 나온다. 정신과 의사 엘리자베스 퀴블러 로스는 상실을 맞이했을 때 변화하는 인간의 마음을 '비통의 5단계(five stages of grief)'로 정리했다.

1단계는 부정이다. 내가 방금 뭘 잘못 본 거겠지.

2단계는 분노다. 어째서 한화이글스는 나에게 이럴 수 있는가.

3단계는 타협이다. 이왕 이렇게 된 거 지금부터 잘하면 이길 수 있다.

4단계는 우울증이다. 나는 왜 한화이글스 팬이 되고 말았는가.

5단계는 수용이다. 그냥 웃자.

생활인의 처지를 유지한 채 매일 깨닫고 내려놓는 사람을 불교에서 무엇이라 부르는가 생각해보라. 보살이라고 한다.

행복 사관학교

메이저리그 사관학교

한화이글스의 별명 중 하나는 '메이저리그 사관학교'다. 이런 별명을 얻기가 얼마나 힘든지 최대한 간단하게 설명해보겠다.

한국, 일본, 대만 리그에는 메이저리그 진출에 오랫동안 실패하거나, 메이저리그에서 안정적으로 살아남지 못한 선수들이 오곤 한다. 마이너리그 선수들의 생활은 빈곤하다. 트리플A만 해도 세계적인 기준에서 선택받은 재능의 괴물들이지만, 부와 명예는 메이저리거에게만 허락된다. 홀몸이라면 계속해서 도전하겠지만 운동선수는 빨리 결혼한다. 그들은 결국 청운의 꿈을 접고 마트 계산원으로 일하는 아내와 자라나는 아이들을 위해 두둑한 대가를 주는 아시아에 온다.

메이저리그 스타들은 그리스 신화의 신과 같은 아

우라를 뽑는다. 반대로 미국에서 야구를 하다 한국에 온 용병들은 훨씬 인간적인 냄새를 풍긴다. 가족의 삶을 책임지는 생활인의 어깨에서만 피어오르는 군내다. 그래서 용병은 수억 원의 연봉을 받아도 보고 있으면 어딘지 짠하다. 꿈을 포기하고 삶을 받아들인 사람에게 으레 있는, 막노동판이나 기사식당에 흔한 인간적 그림자 때문이다.

그런 용병들이 미국에 되돌아가기도 쉬운 일이 아니지만, 메이저리거로 승격되는 일은 기적에 해당한다. 그러나 한화이글스는 이 일을 아무렇지 않게 해낸다. 특히나 투수들에 있어서 말이다. 호세 파라, 세드릭 바워스, 브래드 토마스, 프랜시슬리 부에노, 션 헨, 대나 이브랜드, 앤드류 앨버스, 홀리오 데폴라, 파비오 카스티요, 알렉시 오간도, 케일럽 클레이, 데이비드 헤일…. 한화의 마운드를 거쳐 메이저리거가 된 투수들이다. 이 중 토마스, 부에노, 이브랜드, 앨버스는 두 시즌 이상 메이저리그에서 활약했다.

무엇이 그들을 최초로, 혹은 다시 메이저리거로 만들었는가. 대나 이브랜드는 한화 유니폼을 처음 입었을 때 활짝 웃으며 포부를 밝혔다. "내가 등판하는 날에는 항상 팀이 승리하는 것이 올 시즌의 목표다." 그 포부는 이루어지지 않았다. 이브랜드는 투사가 아니라 공무원처럼 공을 던지는 선수다. 타자와 적당히 타협하고, 수비를 믿고 맞춰 잡는 타입의 투수였다. 그는 한국에서의 시즌이 시작되기 전 이렇게 말했다. "한화 선수들이 따뜻하게 대해줘 적응하기가 매우 쉬웠다."

이브랜드는 동아시아에 구밀복검(口蜜腹劍, 달콤한 말 뒤에 칼을 품음)이라는 사자성어가 있다는 사실을 몰랐을 것이다. 한화 선수들은 외국인과 새로운 팀원에게 잘 대해준다. 특히 투수에게 친절한데, 행복 수비를 염두에 둔 최소한의 양심으로 보인다. 이브랜드는 첫 경기부터 얼굴에 웃음이 사라지고 욕설을 쏟아냈다. 이 해에 연패가 계속되자 한화 선수들은 삭발식을 거행했는데, 불교적인 팀의 선수가 되었다는 사실을 받아들였는지 이브랜드도 함께 머리를 밀었다. 하지만 그는 행복 수비의 늪에서 허우적거리다가 6승 14패의 초라한 성적을 거두고 방출됐다. 그리고, 메이저리거가 되었다.

한국에서 이브랜드의 평균자책점은 5.54다. 바로 다음 해 메이저리그 뉴욕 메츠에서는 2.63을 기록했다. 평균자책점만으로 보면 두 배 이상 잘 던진 셈이다. 그의 공이 강해졌을 리는 없다. 그해 메이저리그 타자들의 방망이가 갑자기 한국 프로야구보다 약해졌을 리도 없다. 그러나 그의 정신력은 달라졌을 것이다. 이브랜드는 지옥에서 살아 돌아온 용병이다. 야구선수라면 당연히 잡아야 하는 공을 당연히 잡는 나약한 세계에서 성공한 건 당연한지도 모른다. 그는 미국 현지 언론과의 인터뷰에서 한국에 돌아갈 수도 있다고 밝혔다. 단, 한 가지 조건이 붙었다. "한국에 간다면 다른 팀에서 뛰고 싶다. 한화는 너무 나쁜 팀(a bad baseball team)이기 때문이다."

미국인 운동선수가 자신이 뛰었던 팀에 'bad'라는 표현을 쓴 건 내 경험상 이브랜드가 처음이다. 그만큼 엄청난 표현이다. 다른 팀 팬들은 한화를 놀릴 거리가 생겨 환호성을 질렀다. 인터뷰가 한국어로 번역되고 한동안 'a bad baseball team'을 줄인 'BBT'라는 말이 돌아다녔다. 마침 BBT는 치킨 프랜차이즈 브랜드 BBQ와 비슷해서 안성맞춤이었다. 하지만 오래가지 못했다. 한화 팬들이 약올라야 놀리는 맛이 있는데, 우리는 화나지 않았으니까. 오히려 우리는 이브랜드에게 죄책감을 느꼈고, 그가 화낼 자격이 있다고 생각했다.

이브랜드를 비롯한 한화의 투수들은 마운드 위에서 야수는 존재하는 것처럼 보이지만 존재하지 않는다는 '색즉시공(色卽是空)'과 믿을 것은 투수인 자기 자신뿐이라는 '유아독존(唯我獨尊)'의 진리를 깨달았다.

하지만 다시 말하거니와 한화이글스는 행복 사관학교다. 행복 민박이나 행복 템플스테이가 아니다. 혹독하게 가르치기 때문이다. 가끔은 강제 징집도 시행한다.

미치 탈보트는 삼성에서 뛰다가 대만 리그에 갔던 투수다. 한화는 2014년 말에 이듬해인 2015시즌을 위해 탈보트를 영입했다. 그는 한국 프로야구에 복귀하고 싶었지만, 순순히 한화와 계약할 생각은 없었다. 탈보트는 한화의 수비가 좋아졌냐고 물었다. 한화 프런트는 희대의 취업 사기를 저질렀다. 2014시즌의 호수비 장면만을 모아 편집한 영상을 보여준 것이다! 탈보트는 그제야 안심하고 계약서에 사인했다. 2015년, 한화 유니폼을 입고 치른 첫 경기는 개막전이었다. 잘 던지고 마운드에서 내려갔지만, 야수진의 행복 수비로 승리를 날려 먹었다. 2015년은 탈보트가 한국에서 뛴 마지막 해가 되었다.

한화는 개막전에서 워낙 약하다. 한화 팬은 매년 0승 1패로 시작하는 시즌에 익숙하다. 류현진은 2024년 다시 한화로 복귀해 개막전 선발을 맡았다. 상대는 다름 아닌 LG. 현진이를 배로 낳진 않았으나 가슴으로 낳고 키운 양어머니였기에 팬들은 잔뜩 흥분했다. 그러나 2대 2로 팽팽하던 경기의 무게추를 행복 수비가 옮겼다. 류현진은 한화의 행복 수비에 한 번 당한 후 내리

메디치미디어
베스트
도서목록

메디치   앳원크   중림
서재   폴리티쿠스

정치

조국 오디세이: 창당 선언에서 승리까지 1368시간의 기록
미디어몽구(김정환), 박지훈 지음 | 값 20,000원

한국 정치사에 파란을 일으킨 조국혁신당 이야기
조국 대표가 창당을 선언한 2월 13일에서 총선 승리를 거둔 4월 10일까지 57일간의 기록을 담았다. 취재계의 롤모델 미디어몽구가 전국을 누비며 현장을 생생히 기록했고, '조국 사태'의 예리한 분석가 박지훈 대표가 조국 대표의 말과 행적을 빠짐없이 정리했다. 이 책은 역사에 오래 남을 조국혁신당의 출발점을 기록한 감동의 정치 다큐멘터리이자 현장의 함성을 그대로 담아낸 유일한 기록집이다.

몰락의 시간
문상철 지음 | 값 17,000원

안희정 몰락의 진실을 통해 본 대한민국 정치권력의 속성
정치인 안희정을 오랫동안 지근거리에서 수행해온 비서이자 '안희정 성폭력 사건' 피해자의 첫 조력자인 저자가 오랜 침묵을 깨고 안희정 몰락의 진실을 들려준다. 이 책은 촉망받는 정치인이 권력의 맛에 취하면 어떻게 변질되는지를 교과서처럼 보여줄 뿐 아니라 정치권력을 쥔 누구라도 안희정이 될 수 있음을 강력하게 경고한다.

기자유감
이기주 지음 | 값 17,000원

가짜뉴스와 싸우는 이기주 기자의 21세기판 '기자풍토 종횡기'이자 분투기
'1호기 속 수상한 민간인' 특종 보도, '바이든 날리면' 사태와 도어스테핑 충돌까지, 윤석열 정부 1년을 가장 뜨겁게 지나온 MBC 이기주 기자의 언론비평 에세이. 기자 사회의 조리돌림과 가짜뉴스에 시달리고 살인 예고 협박까지 받은 저자가 살아 있는 권력을 취재하면서 겪은 뒷이야기와 다양한 기자 군상을 담담하면서도 날카로운 비판의 시선으로 풀어냈다. 그의 메시지는 간명하다. "적어도 국민을 배신하는 기자는 되지 말자!"

이기는 정치학: 현실주의자의 진보집권론
최병천 지음 | 값 20,000원

민주화 이후 8번의 대선과 9번의 총선, 그 안에 숨겨진 승리 방정식을 찾아라!
민주주의 국가에서 권력의 정당성은 선거의 승리에서 나온다. 저자는 지난 선거 과정들을 추적하며 대한민국 정치계에 적용되는 선거 승리 방정식을 찾는다. 옛 선거판들을 움직였던 주요 의제들을 분석하고 승리에 대한 연구와 패배에 대한 반성을 통해 진보진영의 선거 승리와 집권을 위한 미래 전략을 모색한다.

경제경영 · 자기계발

대단한 기업의 만만한 성공 스토리(안재광의 대기만성's)
안재광 지음 I 값 18,500원
투자자를 위한 대한민국 대표 기업 핵심 키워드
삼성전자를 시작으로 한국 경제를 이끄는 제조업 분야 23개 기업의 과거와 현주소, 그리고 전망을 다룬다. 저자는 투자자들이 주목할 만한 한국 기업 트렌드를 전달해온 18년 경력의 베테랑 경제전문기자다. 그는 오랜 기간 쌓아온 기업 취재 노하우를 바탕으로 경제와 기업을 잘 모르는 사람들은 물론, 전문가들조차 흥미롭게 살펴볼 수 있는 재미와 깊이를 담은 기업 에피소드를 친절한 문체로 독자에게 이야기 들려주듯 풀어냈다.

거인의 리더십
신수정 지음 I 값 18,000원

> **교보문고 북모닝
CEO 추천도서**

역경의 시대, 지속가능한 성과를 내는 리더의 조건
리더가 되면 구성원으로 지낼 때와는 다른 자질이 필요하다. 팀원으로서는 유능했지만 리더로서 역량을 발휘하지 못해 고민하는 이들이 많다. 이런 고민을 해결하기 위해 페이스북의 현인, 대한민국 직장인들과 리더들의 멘토로 불리는 신수정 KT 부사장이 자신만의 리더십 노하우를 상세하게 풀어낸다. 오랫동안 곁에 두고 공부할 수 있는 '리더십 교과서' 같은 책이다.

수축사회 2.0: 닫힌 세계와 생존 게임 글로벌 패권전쟁과 한국의 선택
홍성국 지음 I 값 22,000원
제로섬의 세계, 남의 파이를 뺏어야 살아남는다
기후위기, 인구 감소, 통제할 수 없는 과학기술의 발전 등 인류는 전대미문의 위기에 처해 있다. 이제 성장이 불가능한 수축사회에서 생존을 모색해야 한다. 저자는 '수축사회'를 예견하던 전작을 넘어, 드디어 현실로 나타난 수축사회의 현재 상황과 미래를 전망한다. 또한 수축사회의 가장 거대한 싸움인 미-중 패권전쟁을 집중 조명한다.

좋은 불평등: 글로벌 자본주의 변동으로 보는 한국 불평등 30년
최병천 지음 I 값 22,000원
일반시민을 위한 한국경제 불평등 교과서
불평등은 경제 성장에 해롭다는 통념과 상식을 뒤집는 책. 저자 최병천 신성장경제연구소 소장은 110개의 그래프와 도표를 활용한 꼼꼼하고 치밀한 논증을 통해 그러한 통념들이 사실이 아님을 주장한다. 불평등에 관한 입체적인 사고와 함께 앞으로 30년에 대한 전망 및 한국 사회를 위한 정책을 제안한다.

중림서재 '모임의 모임' 시리즈

어른의 공부
곽아람 외 6명 지음 | 값 17,000원
에세이스트 곽아람과 함께한 다 큰 어른들의 고전 읽기
유년 시절 읽었던 《데미안》과 어른이 되어 다시 읽는 《데미안》은 같은 책일까? 곽아람 작가와 함께 이 책을 만든 중림서재 '어른의 공부' 구성원들은 전혀 다르다고 말한다. 이 책의 묘미는 여기에 있다. 어린 시절과는 전혀 다르게 읽히는 고전 해석의 묘미를 통해 '고전 읽기'야말로 '진짜 어른의 공부의 시작'이라고 말한다.

대화의 대화
요조 외 5명 지음 | 값 17,000원
뮤지션 요조와 함께한 불가능한 대화의 기록
대화를 통해 타인을 완벽히 이해하는 건 불가능하다. 하지만 계속해서 이해하려고 노력할 순 있다. 요조에게 대화란 타인을 이해하기 위한 불가능한 노력이다. 이 책은 요조와 중림서재 '대화의 대화' 구성원들이 '리터러시, 페미니즘, 예술, 죽음'에 관한 책을 읽고 대화한 기록이다. 동시에 서로를 완전히 이해하는 건 불가능하지만 그 불가능성을 공유하기에 서로를 이해하고 연대할 수 있다는 '대화의 본질'에 다가가는 시도이기도 하다.

먹는 우리
이용재 외 3명 지음 | 값 17,000원
음식평론가 이용재와 함께 연습한 요리하는 삶
'나'의 선택이 더 이상 나의 건강만을 해치는 것이 아니라 지구의 건강까지 해치는 오늘날, 먹는 이로서 우리는 음식에 관해 어떤 고민을 해야 할까? 음식평론가 이용재는 '음식과 먹는 나'에 관해 성찰하기 위해선 삶에 '요리'라는 행위를 들여와야 한다고 말한다. '요리하는 삶'은 곧 음식에 관한 관심과 성찰로 이어지기 때문이다. 이 책은 그런 삶을 살기 위한 이용재와 중림서재 '먹는 우리' 구성원의 연습의 기록이다.

※ 중림서재 '모임의 모임' 시리즈는 각 분야의 전문가와 소수의 참여자가 함께
　 특정 키워드에 관해 책을 읽으며 공부한 기록을 정리한 모임책입니다.

3점을 내주며 무너졌다.

　과거 중국을 정복한 동아시아 북방 유목민들은 가난한 전사였을 때의 야성을 잃지 않기 위해 노력했다. 그러나 그들 중 누구도 정복민족이었던 시절의 기질을 유지하지 못했다. 거란족의 요나라, 여진족의 금나라, 몽골제국의 중심이었던 원나라, 만주족의 청나라가 모두 그랬다. 유목 제국들은 안락한 중국 생활에 젖어 한족처럼 된 나머지 거꾸로 한족에게 축출당하거나 다른 싱싱한 유목민족에 얻어맞아 멸망했다. 만주족은 원래 여진족이었는데, 청나라 숭덕제 홍타이지가 고향 땅 만주와 만주에서의 생활을 잊지 말자는 뜻에서 개명한 이름이다. 그러나 만주족은 잊었다. 지금 세계에 만주어를 구사할 수 있는 인구는 수천 명밖에 남지 않았다.

　류현진은 메이저리그의 안락한 마운드에서 자신도 모르게 나약해져 있었다. 그가 과거의 고난을 잊었다는 사실은 시즌 직전 인터뷰에서도 드러난다.

　"믿고 던져야죠, 투수가. 야수를 못 믿고 던질 수는 없는 거고, 항상 믿고 던져야 한다고 생각하고 있어요."

　"사실 예전에 팀 수비 때문에 고생을 좀 했는데?"

　"아니요. 안 했습니다. 기억이 없습니다."

그 기억은 되살아났다. 행복 수비는 류현진에게 행복이란 주어지는 것이 아니라 쟁취하는 것이라는 사실을 상기시켜주었다. 메이저리그 사관학교의 또 다른 명칭은 일명 '멘탈 사관학교'다. 사관학교는 싸워서 이기는 법을 가르치지, 명상을 가르치지 않는다. 한화는 투수의 정신을 살찌워주지 않는다. 자신의 영혼은 스스로 지켜야 하는 법. 알아서 강해질 일이다.

1승이 아니라 1점을 응원한다

투수에게 메이저리그 사관학교는, 팬에 있어서는 행복 사관학교다. 한화 팬은 고통 속에서 행복을 찾기 위한 투쟁 끝에 마침내 깨달음에 이르렀다. 나는 한화 팬의 인내심을 설명하기 위해 철학자 이마누엘 칸트가 주저(主著)인《순수이성비판》에서 적용한 '코페르니쿠스적 전환'을 시도했다.

코페르니쿠스적 전환(Kopernikanische Wendung) 이란 16세기 천문학자 코페르니쿠스의 방식대로 발상의 전환을 해보자는 칸트의 제안이다. 코페르니쿠스 이전까지 사람들은 지구가 우주의 중심이고, 천체는 지구를 중심으로 돈다는 천동설을 믿었다. 그런데 코페르니쿠스는 천동설에 위화감을 느꼈다. 천동설대로라면 천체의 움직임이 너무 복잡하고, 그 복잡함을 설명하는 일은 더 복잡했다. 반대로 지구가 태양을 중심으로 돈다고 가정하면 천체의 움직임이 간단하고 명확하게 설명되는 거였다. 이것이 지동설이다. 쉽게 설명되는 가설이야말로 정설이 아닐까? 결론은 코페르니쿠스가 옳았다.

한화 팬의 불가사의한 인내심은 무엇 때문인가. 착해서? 그럴 리가. 정신력이 강한 사람일수록 주황색을 좋아하는 경향이 있어서? 설마. 개막 13연패를 하고 18연패를 해도 꾸역꾸역 응원하는 한화 팬의 정신상태는 불가사의해 보인다. 하지만 우리는 코페르니쿠스적 전환을 통해 철학적 문제를 명쾌하게 해결할 수 있다. 인간의 정신도 신체처럼 접근하면 된다.

다이어트를 하면 처음에는 살이 잘 빠지다가 어느 순간부터는 계속 적게 먹는데도 체중이 그대로다. 인체는 풍요로운 21세기를 산다는 의식이 없다. 그래서 생존의 위기를 감지하고 적은 영양으로도 버텨내는 체질로 변신한다. 동아시아인이 서양인처럼 먹으면 비만이 된다. 빙하기에 눈밭을 걸어 동아시아로 이동하면서 탄생한 인종집단이기에 적은 에너지로 추위와 행군을 견딜 수 있게 변했기 때문이다. 동아시아인은 신진대사가 느리고 대사량도 적다(다행히 노화가 느려서 동안이긴 하다). 그래서 서구화된 식단 때문에 비만율이

높아졌다는 얘기가 나오는 것 아니겠는가.

정신도 마찬가지다. 한화 팬은 남들보다 적은 행복으로 살아갈 수 있는 야구팬이 되어야 한다. 한화 팬의 마음은 동아시아인의 신체와 같다. 동아시아인은 덜 먹어도 되는 인종일 뿐 아예 안 먹으면 죽는다. 인체는 최소영양권장량(recommended dietary allowances) 이상을 섭취해야 한다. 한화 팬의 마음도 최소행복필요량(minimum required amount of happiness)을 섭취해야 한다. 세상에 이런 용어가 어딨느냐고 따지지 말기 바란다. 내가 이 책에서 처음 창시한 학술 용어다.

다른 야구팬과 같은 방식으로 접근하면 한화 팬은 최소행복필요량을 충족할 수 없다. 하지만 행복의 조건을 바꾸면 가능하다. 1승이 아니라 1점을 응원하면 된다. 20대 0으로 지고 있다가 8회쯤에 20대 1로 '추격'할 때 함박웃음을 지으며 행복송을 합창하면 최소영양소, 아니 최소행복소를 섭취할 수 있다. 다른 팀 팬들은 15대 0으로 지고 있으면 분통을 터뜨린다. 한화 팬의 사고방식은 전혀 다르다. 15점이나 내줬는데도 겨우 1패밖에 안 하다니 남는 장사라고 생각한다. 시합을 보는 한 실점을 거듭할수록 이득인 셈이다.

수비에도 같은 원리가 적용된다. 평범한 수비에 만족하면 된다. 방법은 의외로 쉽다. 한화 투수들에게서 배우면 된다. 그들은 훌륭한 스승이다. 한화 투수는 평범한 뜬공이 잡히면 주먹을 불끈 쥔다. 병살로 위기를 넘기면 포효한다. 응당 병살이어야 할 공인데도 그렇다. 투수의 얼굴만 보면 1년에 한 번 나올까 말까 한 호수비가 펼쳐진 것 같다. 그들은 작은 것에도 행복할 줄 아는 사람으로 개조되었다. 해설과 캐스터도 한화 경기를 중계할 때면 작은 것에도 감탄할 줄 아는 사람이 된다.

"긴장하지 않고 여유롭게 처리하는 모습이에요."
처음부터 여유로운 아웃 타이밍이었다.
"아아! 잡았어요!"평범한 뜬공이었다.
"자 지금은 라이트가 켜져 있기 때문에 선수들이 플라이볼을 잡을 때 공이 조명에 가려지는 시간이거든요. 그런데도 잘 잡아냈어요."같은 시각 다른 구장도 모두 라이트가 켜져 있다.

카메라가 평범한 수비에 성공한 한화 선수를 비춰주기도 한다. 정상적인 수비를 한 나머지 뿌듯함이 차오른 한화 선수의 얼굴이 화면에 잡힌다. 하이에나 무리의 대장을 죽인 후의 수사자처럼 근엄한 얼굴을 하기도 한다. 경험상 이런 수사자는 바로 다음 이닝에서 행복해지곤 한다. 한화 경기에서는 관련자 모두의 마음이 넓어지는 마법이 일어난다. 평범한 수비에 성공하면 관중석에서 환호성이 울려 퍼진다. 의례적인 응원이 아니다. 정말로 좋아한다.

범상한 야구팬은 우승을 노릴 수 있는 상황이 아니면 응원해봐야 무슨 소용이냐고 생각한다. 한화 팬은 응원 자체에 가치를 부여한다. 꼴찌인 10위 중이면 9위를 응원한다. 9위일 때는 8위를 응원한다. 다음은 내가 2023년 6월 2일에 집필해 페이스북에 발표한 시다.

운명이다
밤새부터 아침까지 흐리던 하늘이 따가운 볕을 내리고
마침내 다가오는 저녁
해가 지면 야구장에 라이트가 켜진다
오늘, 운명의 날
한화가 삼성에 이기고 키움이 쏙(SSG)에 지면
한화는 8위가 된다
한산대첩의 전날 충무공은
귀주대첩의 그날 강감찬은
이렇게 하늘을 바라보며 천기를 읽었으리라
8은 얼마나 아름다운 기호인가

동그랑땡이 위아래로 대칭되어 있다
八은 얼마나 아름다운 한자인가
대각선 획이 좌우로 대칭되어 있다
그것은 기하학적 완결
그것은 인과율의 균형
그것은
그것은 운명
운명이 다가온다

나는 냉정한 사람이다. 여러분이 나의 문학성에 감격할 여유를 주지 않고 냅다 정리하겠다. 나는 코페르니쿠스적 전환을 통해 인간의 마음도 인체와 마찬가지 방식으로 변화에 적응한다는 가설을 세웠다. 그리고 가설에 따라야만 한화 팬의 정신상태가 명쾌하게 해석된다는 사실을 밝혀냈다. 따라서 나의 가설은 이제 정설이다. 이로써 독자 여러분은 내가 철학과 과학을 넘나들며 융복합 시대를 선도하는 지성인임을 잘 알게 되었으리라.

무소의 뿔처럼 혼자서 가라

한화인(人)의 깨달음이 불교적이라고 해서 간단한 게 아니다. 사람들은 보통 스님이 한 번 깨달으면, 깨달음의 상태를 쭉 유지하다가 열반한다고 생각한다. 그렇지가 않다. 한국 불교계에는 두 가지 결론이 대결한다. 돈오점수(頓悟漸修)와 돈오돈수(頓悟頓修)다.

돈오는 '문득 찰나에 깨닫는다'는 뜻이다. 나 역시 야구경기를 보며 번뇌하다가 문득 대오각성하고 무수한 집착의 사슬이 끊어진 순간이 있다. '아! 나는 한화 팬인 것이로구나!'

중요한 건 돈오 다음의 글자다. 돈오점수는 한국 조계종의 기본 교리로, 고려의 국사(國師, 국가 최상위의 스님) 지눌이 채택한 교리다. 한 번 깨달았어도 계속해서 수행을 멈추지 말아야 깨달음의 상태가 유지된다는 이론이다. 돈오돈수는 역시 고려의 국사인 보우가 주장한 이론으로, 한 번 깨달았으면 그만이라는 의미다. 더 정확하게 말하자면 깨닫고도 여전히 수행이 필요하다면 진정한 깨달음이 못 된다는 얘기다. 현대 한국 불교를 대표하는 성철 스님이 돈오돈수를 주장해 불교계에 충격을 준 적이 있다. 한국 대승불교의 주류는 돈오점수이고 돈오돈수는 심하면 이단 취급까지 받기 때문이다.

돈오점수냐 돈오돈수냐. 한화 팬으로서 선언한다. 돈오점수가 진리다. 우리는 해탈했어도 야구가 계속되는 한 행복 수비와 연패에 매일같이 번뇌가 엄습한다.

번뇌를 밀어내기 위해 점수(漸修, 계속 수행함)한다. 10연패를 해도 멀쩡히 살아서 다음 날 아침에 일어나야 할 것 아닌가. 해탈과 번뇌를 반복하는 이글스 팬의 삶, 그것은 돈오점수야말로 진리임을 증명하는 고독한 보살행(菩薩行)이다. 보라, 이 글을 쓰는 지금도 나는 화가 치밀어 오른다. 오늘도 수행해야 한다. 아아, 한화이글스는 대승불교의 천년 논쟁을 종식하려 나타난 팀인지도 모른다. 한화이글스는 창단되지 않았다. 우리 앞에 도래했다.

혹자는, 그러니까 다른 팀 팬들은 매일 번뇌할 거면 뭐하러 해탈하느냐고 되물을지도 모른다. 아니 우리도 해탈하고 싶어서 하는 게 아니다. 그렇지만 해탈의 장점이 없냐고 하면, 있다. 해탈을 만만히 보면 안 된다. 응원팀이 이기면 기뻐하는 마음은 진정한 행복이 아니다. 어디까지나 외부의 조건에 의한 의존적 행복일 뿐이다. 의존적 행복은 팀이 지면 무너진다. 반면 팀이 8연패를 해도 꿋꿋이 응원하며 관중석을 가득 채우는 한화이글스 팬의 행복은 주체적 행복이다. 우리는 우주의 법칙과 존재의 외로움을 음미하는 수련자들이다.

진정한 행복은 외부의 조건 없이도 행복할 수 있는 주체성에서 나온다. 승패에 흔들려선 안 된다. 불교

역사상 가장 중요한 경전인 《숫타니파타》에서 석가모니는 말씀하셨다.

> 소리에 놀라지 않는 사자처럼
> 그물에 걸리지 않는 바람처럼
> 진흙에 더럽히지 않는 연꽃처럼
> 무소의 뿔처럼 혼자서 가라

나는 이 책에서 지금껏 독자 여러분에게 소개한 이론으로 많은 공격자들을 물리쳤다. 석가모니가 육사외도(六師外道)를 물리친 일과 같다. 한국 프로야구에서 한화를 빼면 9팀이 되므로, 내 경우는 무려 한화와 한화 팬을 조롱하는 구사외도(九師外道)와 싸워 이겼다고 할 수 있다. 그렇다고 석가모니의 경지에 이르렀다고 주장할 생각은 없다. 나는 몹시도 겸손한 인물이기 때문이다.

구사외도의 추종자들은 나와의 논쟁에서 패배할 때마다 좌절감이 지나쳐서인지 깔깔대며 웃곤 한다. 아무튼, 그들은 거의 언제나 마지막 한 수가 남아 있다고 생각한다. "다 알겠는데, 애들은 무슨 죄냐?"

애들이란 바로 칙린이들이다. 칙린이란 칙과 어린이의 합성어로, 부모의 손에 이끌려 강제로 한화이글스 팬의 운명을 강요받은 어린이를 뜻한다. 비겁하게 어른의 논쟁에 애들을 끌어들이다니! 하지만 이미 칠세음보살인 나는 무량(無量, 무한함)한 자비심으로 그들을 용서한다.

자라나는 새싹이 무슨 죄로 부모 욕심에 번뇌와의 싸움터로 끌려 나와야 하는가? 질문의 취지는 충분히 이해한다. 하지만 나는 말한다. 한국 대승불교에 동자승이라는 존재가 있다는 사실을 잊으면 안 된다고. 설마 종교의 자유가 보장된 나라에서 동자승을 부정할 셈인가. 민주주의 체제를 사는 시민의 의무를 부정할 셈인가! 그들은 이제 아무런 할 말이 없다. 더 큰 목소리로 웃을 수만 있을 뿐이다.

가부좌를 틀고 송(頌, 부처의 진리를 찬미하거나 되뇌임)하노라. 최소행복필요량을 이해한 독자에게는 '행복량 보존의 법칙'의 이해가 머지 않았다. 아니다, 이해가 아니다. 진리를 아는 게 아니다. 내가 진리에 흡수되는 것이다. '나'라고 하는 자아(自我)마저 사라지고 진리의 바다에 풍덩 다이빙하는 물 한 방울, 소금 한꼬집이 되는 것이다.

진리는 종교를 가리지 않는다. 둘이 아니라 하나요, 그저 진리 자체일 뿐. 다음 장 〈행복량 보존의 법칙〉에서 우리는 기독교적 진리를 마주하게 된다. 아

멘. 아니 아미타불. 아, 아니 진리에 언어의 경계 따윈
없는 법. 아멘타불.

행복량 보존의 법칙

한화세요?

책 표지에 적혀 있지만, 내 이름은 홍대선이다. 고등학생 시절 가장 많이 들었던 농담은 홍익대학교와 관련한 말장난이다. 선배가 내 어깨를 툭 치며 묻는다.

"홍대선! 대학 어디 갈 거야?"

"좋은 대학교 좋은 과 가려고 합니다."(우리 동아리의 흔한 농담이었다. 썰렁하다는 사실을 인정한다. 심지어 그때도 썰렁했다.)

"야! 홍대선은 홍대에 가야지!"

선배는 자신의 농담에 만족하며 웃음이 터지기 일보 직전. 문제는 내가 거의 모든 친구와 선배에게 같은 농담을 들었다는 점이다. 영화로 치면, 그 시절 유행했던 비디오 대여점에서 같은 영화만 대여하는 셈이다. 나는 재미가 하나도 없는데 적당히 받아주지 않을 수도 없다. 자기 딴에는 머릿속 전구가 번쩍 켜지며 생각난 기발한 농담이니까. 나는 평생 400번쯤 들었지만 말이다. 400번 중 딱 첫 번째만 재밌었고 나머지는 몽땅 인고의 시간이다.

나는 홍익대학교만큼은 절대 가지 않겠다고 결심했고, 다행히 다른 대학에 진학했다. 하지만 정작 입학하고 나서도 농담의 덫은 나를 쉽게 놓아주지 않았다.

"홍대선은 왜 홍대가 아니라 여기에 왔어? 하하하!"

"이름이 홍대면 홍대에 갔어야지! 호호호."

"홍대선 홍대로 편입하는 거 아냐? 허허허."

나는 재미가 없단 말입니다, 여러분. 물론 대학을 졸업하고도 마찬가지다.

"우리 홍대선씨는 홍대를 나왔어야지! 껄껄껄."

"홍대선 작가님도 나오니까 우리 홍대 앞에서 보실까요? 헤헤헤."

레퍼토리는 홍익대학교에서 끝나지 않는다. 대통령 선거가 있을 때마다 그토록 참신한 농담을 생각해 낸 기쁨이 눈가에 식용유처럼 흘러내리는 400번째 선수가 내게 묻는다.

"대선씨는 이번 대선 결과를 어떻게 예측하십니까? 후후후."

밀란 쿤데라의 《농담》에서 루드비크는 농담 하나 잘못해서 15년 동안 고생했는데, 내가 아는 한 홍대파와 대선파 각각 400명, 총 800명의 농담자 중 강제 노역에 끌려간 인간은 하나도 없다. 역시 세상은 불공평하다. 그러나 홍대와 대선은 이제 아무것도 아닐지 모른다. 정말 큰 것이 다가오고 있다. 대장역과 홍대입구역을 잇는 수도권 전철이 개통될 예정이다. 이 노선의 이름은 '대장홍대선'이다. 이름과 관련한 농담의 양은 앞으로도 줄지 않고 보존될 전망이다.

충청도가 아닌 지역에 사는 한화이글스 팬들이라면 모두 나와 같은 상황에 여러 번 처했을 것이다. 우리는 반복되는 질문을 받는다. "한화이글스는 왜 응원하는 거야?"

충청도 분이라면 축하한다. 고향이 어딘지만 말하면 되니까. 나 같은 경우는 이 책의 1장 〈행복해질 운명〉의 내용을 모두 말할 수 없으니 적당히 뭉개버린다. 일부러 한숨을 섞어 서글프게 미소지으며 말한다. "그러게나 말입니다."

어쩌면 이런 반복되는 질문을 받지 않기 위해 나는 이 책을 쓴 건지도 모른다.

"한화이글스는 왜 맨날 져?"

"지금 8연패라던가? 아니 한화는 도대체 왜 그러

는 거야?"

글쎄, 왜 그럴까. 우리가 구단과 감독과 선수들에게 마음속으로 매양 던지는 질문이다. 우리에게도 돌아오지 않는 메아리다. 혹여 메아리가 돌아오면 내용을 전해주도록 하겠다.

"야구 보나 봐? 팀 어디야?" 한화이글스라고 말하면 주변에서 동시에 웃을 준비가 된 얼굴들을 하고 앉았다. 나는 스탠딩 코미디를 해줄 생각이 없는데도 말이다. 나는 자학개그가 아니라 있는 사실을 말했을 뿐인데 어째서 웃을 준비를 하는 것인가. 가끔 "풉!"하고 폭소를 참는 작자들도 있다. 정당하게 한 대 걸어찰 수 있도록 그냥 참지 말고 웃음을 터트려주었으면 좋겠다. 그런 순간에 야구를 잘 모르는 데다 진지하기까지 한 사람이 있으면 더 곤란해진다. 눈을 동그랗게 뜨며 진지하게 물어본다.

"한화이글스가 왜요?"

"무슨 문제가 있나요?"

설명하기 싫은데도 해야 할 사람은 다름아닌 내가 아닌가. 내 팀이 못하는 것도 짜증 나는데 왜 못하는지 설명까지 해야 한단 말인가. 한화 팬이 아니라면 세상은 우리에게 이렇게 잔인하지 않다. 취직에 실패한 사람에게 왜 실패했는지 묻는 사람은 없다. 시험에 떨어진 사람에게 왜 떨어졌는지 설명해보라고 요구하는 사람은 없다. 그런데 야구팬 중에는 한화이글스를 놀리고 싶어서 안달난 작자들이 있다.

　본인은 나름 조심한다고 생각하는 모양이지만, 반달 모양으로 세로 폭이 좁아진 눈에 우월감이 덕지덕지 묻어있어서 어떤 즐거움을 원하는지 뻔히 보인다. 술자리 친구 중에 그런 녀석이 포함되어 있다면 나는 그를 가만히 내버려두지 않는다. 온갖 술수를 부려 녀석이 그날 술값을 내게 만든다. 하지만 소용없다. 수비를 못 하면 투타(投打, 투구와 타격)가 활약해도 지는 것이 야구이듯이 다음번 술값은 내가 내야 하는 인과율의 법칙에 걸려들 뿐이다.

이글스 응원에 대한 철학사적 고찰

한화이글스의 팬이자 탈모에 시달리는 나는 한화와 탈모의 연관성을 아주 잘 알고 있다. 나는 이 분야의 전문가다. 내가 만약 손이 불편한 사람이라고 해보자. 제정신 박힌 사람이라면 아무도 내 손을 놀리지 않는다. 사고로 다리가 불편해졌다고 해도 마찬가지다. 너무 극단적인 예가 아니냐는 생각이 든다면, 감기에 걸렸다고 해보자. 철없는 학창시절이 아닌 한, 빨리 나으라고 하지 쌤통이라고 놀리지 않는다.

탈모는 예외다. 당사자의 기분 따위 아무도 고려하지 않는다. 이 세상에는 쓰지 않기로 사회적 합의를 마친 말들이 있다. 검둥이, 쪽발이처럼 외국인을 부를 때 쓰는 말이 있고, 각각 전라도, 경상도, 충청도 사람을 비하하는 깽깽이, 보리문둥이, 핫바지 등도 있다. 이 목록에 '대머리'는 포함되지 않는다. 아무도 '모발부족증후군 희생자'라고 불러주지 않는다. 탈모인을 마음껏 놀려도 되기로, 어째서인지 탈모가 아닌 사람들끼리 합의했다. 당사자인 우리는 쏙 빼고선 말이다! 정말 부당하지 않은가. 나는 정치적 올바름(PC, political correctness)을 신앙처럼 엄숙히 지키는 진보주의자가 대머리를 아무렇지 않게 비하하는 모습을 본 적도 있단 말이다.

그래서인가, 철학자 중엔 유난히 탈모인이 많다. 소크라테스는 빛나는 대머리다. 그의 수제자 플라톤은 진행형 탈모를 감추기 위해 뒷머리를 열심히 앞으로 끌어내려 광채를 가렸다. 플라톤의 수제자 아리스토텔레스도 마찬가지다. 진행형 탈모인인 근대철학자 헤겔도 소크라테스학파의 헤어스타일을 충실히 따랐다. '거꾸로 선 헤겔' 마르크스는 공산주의 혁명사상의 시조답게 혁명의 빛을 당당히 드러냈다. 쇼펜하우어도 마르크스와 마찬가지인데, 아마 존경해 마지않던 선배

철학자 칸트가 거리낌 없이 드러낸 광활한 이마를 흉내낸 게 아닐까 싶다. 그는 정해진 시간에 정해진 코스로 산책하는 일까지 칸트를 흉내냈으니까.

동양은 어떤가. 공자의 초상을 보면 진행형 탈모가 완숙한 경지로 진행되어 있었음을 알 수 있다. 맹자도 마찬가지다. 노자와 장자의 초상도 대체로 빛나는 모습이다. 순자의 초상은 보통 머리에 건(巾)을 쓴 모습으로 그려졌다. 아마도 탈모인의 가장 소중한 프라이버시인 정수리를 남의 시선으로부터 보호하기 위해서가 아니었을지 강력히 의심된다. 불법(佛法)의 진리를 위해 정진하는 스님들은 아예 인위적으로 대머리가 된다.

자신의 고통이 세상에 놀림거리가 되는 부조리함은 철학자들을 고독으로 몰아세웠으리라. 고독 속에서 그들은 진리를 벗삼으려 했던 게 아닐까. 하지만 진리도 그들의 탈모를 치료해주진 못했다. 철학자라면 대머리를 조롱해서는 안 되거늘, 그 성스러운 금기를 깬 인간이 있다. 그리스 철학사 최고의 괴짜인 디오게네스다. 그는 키니코스(견유, 犬儒) 학파를 대표하는 철학자로, 길거리에서 구걸하며 숙식을 해결했다. 행색이 더러운 김삿갓 정도라고 생각하면 될 듯한데, 왜냐하면 디오게네스도 김삿갓처럼 말싸움에서는 지지 않앉으니까. 한 번은 머리가 벗겨진 남자가 디오게네스에게 다가와 그의 행색을 조롱했다. 디오게네스는 웃으며 대답했다.

"당신은 나를 비웃을 자격이 없다. 당신의 머리카락도 그 텅 빈 머리가 싫어서 떠나지 않았는가?"

대머리를 조롱하는 철학자라니. 찬연히 빛나는 대머리들로 우뚝 세워진 인류 철학사에 너무 큰 실례이지 않은가. 여하튼 디오게네스가 철학계의 이단아라는 점만큼은 확실하다.

한화이글스 놀리기도 대머리와 같다. 정작 팬인 우리는 놀려도 된다고 합의해준 적이 없다. 그런데 가만히 생각해보면, 한화 놀리기가 부담 없는 놀이가 된 이유에는 팬들의 특성도 있다. 놀리는 입장에서 우리는 안전하다는 느낌을 준다. 발끈 성내지 않는다. 한화 팬들은 화도 낼 줄 모르는 핫바지라서 그런 걸까. 그렇지 않다. 한화 팬의 성품은 그냥 대한민국 평균이다.

우리는 성격이 아니라 관점이 다르다. 사실 사람은 누구나 기회만 되면 남을 무시하고 싶어 한다. 하지만 한화를 조롱하는 사람들은 뭔가 잘못 짚고 있다. 상대가 아프려면 정확한 곳을 제대로 찔러야 하는데, 이글스 팬은 어쩐지 정확히 찔리지 않는다. 약점이 몸에 있지 않고, 몸에서 30cm 거리 허공쯤에 동떨어져 있다.

이글스 팬들도 연패에 슬퍼하고 행복 수비에 화난다. 하지만 수치심이나 열등감을 느끼지는 않는다. 우리는 다른 팀 팬들을 부러워하는 척하지만, 사실은 그렇지 않다. 남의 자식이 더 잘났다고 해서 내 자식을 사랑하는 일을 멈출 수 없는 것과 같은 이치다.

사람들은 가끔 자식의 꼬라지를 한탄하면서 남의 집 번듯한 자식을 부러워한다. 하지만 잘 생각해보면, 자식 걱정에 애태울 필요 없는 그 집 부모의 사정을 부러워할 뿐이다. 자식을 맞바꾸자고 하면 누가 동의하겠는가? 자식은 운명적으로 주어진 존재고, 그저 사랑하기로 결정된 채 태어난다. 그러므로 한화이글스라는 팀의 팬으로 사는 처지를 아무리 놀려봐야 우리에게 별 타격이 되지 않는다. 자식을 사랑하는 일에는 노력이 필요치 않다. 반면 한화 선수들을 비하하면 분노한다. 가족에 대한 욕을 참는 사람은 없으니까. 이때는 되로 주고 말로 받으면서 몹시 곤란해질 것이다. '한화 팬이라 순한 줄 알았는데….' 억울하기도 할 것이다. '평소엔 허허 웃다가 지금은 왜 갑자기?'

만약 응원하는 팀을 승용차처럼 대하는 사람이라면, 도로에서 운전하면서 작고 값싼 차들을 보며 우월감을 느낄 수도 있겠다. 하지만 그런 식의 우월감을 느끼는 사람은 자신보다 비싼 차를 소유한 사람 앞에서 열등감을 느낄 것이다. 그래서 이글스 팬들도 열등감을 느낄 거라 확신하고 조롱한다. 하지만 사랑하기로 결정된 존재에 대한 사랑은 전혀 수치스럽지 않다.

그깟 공놀이

야구를 좋아하지 않아도, 어떤 일도 일어나지 않는다. 아니 오히려 장점만 가득하다. 야구는 인생의 낭비다. 야구팬들은 매일 같이 스트레스를 감내하다가, 스트레스가 폭탄처럼 터져버리면 중계를 끄고 한마디 한다. '그깟 공놀이'. 아무리 생각해도 야구는 그깟 공놀이가 맞다. '그깟 공놀이'에 사로잡힌 채 일상을 허비하며 살아갈 이유는 없다. 그러므로 야구팬은 다시는 야구를 보지 않겠다고 다짐한 후 이틀쯤 뒤에 다시 경기 중계를 틀기까지 이성을 유지한다.

웹에는 'SNS는 인생의 낭비'라는 말이 격언처럼 돈다. 이 말의 원조는 오랫동안 영국 축구팀인 맨체스터 유나이티드의 전성기를 이끈 알렉스 퍼거슨 감독이다.

"왜 그런 걸(SNS) 하는 데 굳이 시간을 내죠? 인생엔 그거(SNS) 외에도 할 일이 백만 개는 됩니다. 그럴 시간 있으면 도서관에 가서 책이라도 한 권 읽으라고 하세요. 진지하게 하는 말인데, 그건 시간 낭비입니다."

늙은 영국 신사가 젊은 녀석들에게 느끼는 짜증을 잘 보여준 인터뷰다. 그런데 잠시만 생각하면 퍼거슨 경에게 반문하고 싶어진다. "어르신, 축구에 미쳐 사는 일은 인생의 낭비가 아니란 말입니까? 매 경기 스타디움을 꽉 채우는 축구팬들은 인생을 낭비하는 중이 아닌가요? 따지고 보면 어르신은 '인생 낭비 나라'의 영주쯤 되시는 분이잖아요. 영국에서 축구가 생활과 분리될 수 없는 깊은 전통이란 건 잘 알겠습니다. 그러니까 '전통적인 낭비'인 것인데요, 유서 깊은 낭비도 낭비는 낭비 아니냐 이 말입니다."

영국에서 축구는 막대한 인적 자원과 생산성을 내부에서 낭비하는 공회전이다. 연비가 나쁜 차에 시동을 걸어놓고 에어컨을 튼 채 낮잠을 자는 거나 다름없다. 맨체스터처럼 경제적 계급이 서민인 인구가 대부분인 곳에서는, 축구에 관심 없는 것만으로도 이웃보다 성공할 수 있을 정도다. 축구 대신 SNS에 접속해 헛소리 한마디 하는 사람은 SNS 대신 매주 축구를 보는 사람보다 훨씬 더 많은 책을 읽고 교양을 함양할 수 있다.

스포츠팀에 순정을 바치는 행위는 어리석다. 그런데 두 가지 사실을 간과하면 안 된다. 첫째 어리석음은 인간의 특권이다. 둘째 인생의 본질이 낭비라는 점이다. 우리는 낭비되지 않을 목표를 가지고 태어나지 않았다. 어쩌다 보니 그냥 태어났다. 우리는 사랑하는 존재에 열정과 시간을 낭비하기 위해 산다. 합리적으로 공부하고 노력하고 저축하지만, 모두 비합리적인 사랑을 위해서다. 기쁨은 어리석음에서 온다. 인간은 동굴에서 시작해 아파트에서 살기까지 숱한 노력을 기울였지만, 그래 놓고 캠핑이란 걸 즐기는 동물이다. 어리석지 않으면 연인에 도취할 수 없다. 연인을 합리적으로 분석하지 않고 숭배하는 사랑은 기쁨을 준다. 그리고 단언컨대, 한화 팬은 사랑의 전문가다.

야구팬만큼 전문 용어를 줄줄 꿰는 스포츠 팬은 없다. 야구팬은 흔히 '스탯(stat)'이라 불리는 능력치 통계에 매우 집착한다. WAR, ERA, BABIP, RBI, OPS, BB/K, OBP, wRC, FIP…. 나는 이런 용어들을 들먹이거나 설명할 생각이 없다. 이 책은 한화이글스 팬 에세이지, 야구 소개서가 아니다. 그리고 무엇보다 나는 한화 팬이다. 한화 팬은 웬만해서는 야구에 기술적으로 접근하지 않는다. 이글스 선수가 타석에 들어오면 왼손 투수를 상대로 한 지표라든지, 상대 투수와의 역대 기록 따위엔 귀를 닫고 타자의 표정을 본다.

"이 녀석 오늘 눈빛이 좋아."

"사고 한 번 치겠다는 얼굴인데?"

한화 투수가 삼진을 한 번 잡으면 고개를 끄덕이며 머릿속에 행복 회로를 돌린다.

"자신감이 돌아왔어."

자녀의 기분이 처져 있는 것 같으면, 부모는 등을 두들겨주며 말한다. "어깨 펴, 임마." 이게 한화이글스 팬들이 선수들을 대하는 방식이다. 우리는 야구 중독자가 아니다. 한화이글스 중독자다. 행복량 보존의 법칙(幸福量保存之法則, the law of conservation of happiness)을 완성하는 것은 사랑이다. 성경 말씀 고린도전서 13장 13절이다.

"그런즉 믿음, 소망, 사랑, 이 세 가지는 항상 있을 것인데 그중에 제일은 사랑이라."

"올해는 다르겠쥬." 믿음은 배신당한다. "오늘은 이기겠쥬." 소망도 배신당한다. 사랑은 배신하지 않는다. 사랑은 내 마음에서 우러나오는데, 내가 나를 배신할 수는 없기 때문이다. 그렇게 한화이글스 팬의 행복량은 오늘도 보존된다.

행복량 증가의 법칙

일체유심조

행복량 보존의 법칙처럼, 행복량 증가의 법칙(the law of increasing amount of happiness)도 사랑을 바탕으로 작용한다.

한국에 흔한 오해가 있다. 한화 팬인 남자는 참을 성이 많고 관대해서 남자친구나 남편감으로 훌륭하다는 이야기다. 아니다. 야구팬은 배우자로 좋지 않다. 약팀의 팬은 더 나쁘다. 남자친구가 야구팬이면, 야구는 연애를 방해한다. 시합에 지면 우울해지므로 남자친구가 약팀 팬인 여성은 항상 짜증이나 화가 난 상태의 남자친구를 본다. 나는 이 책에서 지금껏 만난 여자친구들의 이름을 '소연'이라고 하겠다. 한화이글스는 소연이의 오랜 적이었다. 어떤 적이냐면, '이해할 수 없는 라이벌'이다.

한 남자를 사이에 두고 싸우는 상대가 예쁘거나 유능하면, 라이벌을 타도하기 위해 최선을 다해야겠지만 자존감이 떨어지지는 않는다. 하지만 남자에게 손해만 끼치는 탓에 왜 진심으로 경쟁하는지 이해할 수 없는 상황에 놓이면 답답하고 막연하다. 왜 라이벌이 되어야 하는지 이해할 수 없는 적이야말로 진정 사람을 괴롭게 한다. 그러므로 소연이는 어째서 기분 좋게 데이트할 시간에 야구를 본 후 한밤중이 다 되어 한숨을 푹푹 쉬며 터벅터벅 걸어 나오냐고 묻는다.

"행복하려고 사는 거 아니야? 오빠는 야구를 보면 불행해지는데 왜 봐? 야구 보면서 속 썩이고, 마음 다스린다고 서예하고, 나는 오빠한테 뭐야?"

그렇다, 나는 서예를 조금 할 줄 안다.

"그 일체뭐라구 올해 몇 번 썼어?"

"일체뭐라구가 아니라 일체유심조야, 소연아."

일체유심조(一切唯心造). 한국 화엄종의 근본 경전인《화엄경》의 핵심적인 구절이자 사상이다. 모든 것은 마음이 만들어낸다는 의미다. 승리의 기쁨도 패배의 고통도 모두 마음이 만들어낼 뿐. 아니 승리와 패배까지도 인간의 구분일 뿐이다. 어제 당한 역전 쓰라린 결정타도 그러하다. 공은 아무 생각도 없이 물리적 원리에 의해 날아갈 뿐인데, 인간이 임의로 펜스를 그은 뒤 넘어가지 못하고 잡히면 플라이 아웃, 넘어가면 홈 런이라고 억지를 부리는 것 아닌가. 그렇다. 승리와 패 배는 다르지 않다. 원효대사가 해골 물을 마시고 신라 와 중국이 다르지 않다는 진리를 깨우친 것과 같다. 불 이(不二)로다. 세계는 둘이 아니라 하나로다.

이런 설명을 해봐야, 소연이에게서 나를 방어할 순 없다.

"그럼 시합을 보나 안 보나 불이니까 나 만나주면 되겠네? 오빠가 안 봐도 시합은 거기서 벌어질 거고 이기고 지는 건 오빠랑 상관없이 결정될 거잖아."

말을 돌려야 하는 순간이다. 살아남을 궁리가 떠 오를 시간을 벌어야 한다.

"어? 그런데 지금 한 질문 예전에 하지 않았어?"

"안 했는데?"

"했을 거야. 잘 생각해봐."

골똘히 생각하는 소연. 그리고 고속도로를 달리는 자동차의 바퀴처럼 머리를 굴리는 나.

"없어. 기억 안 나."

"에이, 기억 안 난다니 섭섭하다. 나는 분명히 이 야기를 했었는데."

"알았어. 내가 기억 못해서 미안하고, 그때 내 질 문에 뭐라고 했었는지 다시 말해봐."

그 순간, 됐다! 할 말이 생각났다.

"소연아, 야구팬이 왜 시간낭비를 하는지 알겠어?"

"난 야구팬이 아닌데 어떻게 알아?"

"자 봐봐. 소연이도 땀을 흘리거나 하루 종일 뭔가에 시달려서 지쳤을 때 시원하게 맥주를 마시고 싶을 때가 있지?"

"그런데?"

"이제 뜨거운 물로 샤워하고 나와서 시원한 맥주를 꿀꺽꿀꺽 마시면 되는 거야. 그런데 샤워하기 전에 목이 말라. 그러면 소연이는 맹물을 마시고 샤워를 한 후, 이미 갈증이 풀린 상태에서 오늘의 황금빛 맥주를 마시겠어, 아니면 잠깐의 갈증을 참고 샤워 후에 같은 맥주를 끝내주게 맛있게 마시겠어?"

"참고 먹겠지."

"바로 그거야. 고통과 인내가 언젠가 우승했을 때의 기쁨을 극대화하는 거라고. 나는 한화이글스가 우승할 때 1945년 8월 15일 나라가 해방된 것처럼 기뻐하고 싶지, 기껏해야 2002년 월드컵 4강에 올랐을 때만큼 좋아하고 싶지 않은 거야."

여전히 불만스러운 소연이의 얼굴. 이쯤에서 전투를 개시해야 한다. 한 번 총성이 울리면 돌이킬 수 없다. 이번 작전은 외모 칭찬이다. 결심했다. 외모로 직진이다.

"그건 내가 소연이랑 사귀게 됐을 때의 기쁨과 비슷한 거야. 나는 널 만나기 전까지 진정한 이상형이 존재하지 않는 칙칙한 세상을 살아왔어. 너처럼 예쁜 사람은 세상에 없으니까. 소연아, 만약 너처럼 예쁘고 귀엽고 관능적이고 청순하고 아름다운 여자가 흔했다면 너와 사귀는 게 지금처럼 특별할까? 그렇지 않을걸."

"그럼 나보다 예쁜 여자가 오빠 좋다고 하면 오빤 그 여자랑 만나겠네?"

전투의 하이라이트다. 이를 악물고 돌격해야 한다.

"그럼, 당연하지. 하지만 그런 여자는 세상에 없잖아. 없는 걸 어떡해. 소연아, 내가 여러 번 말했잖아. 나는 우리의 성격이 잘 맞고 너의 가치관을 존중해서 너랑 사귀는 게 아니라고. 나 물질적인 사람인 거 몰라? 내 맘을 그렇게 몰라? 난 어디까지나 너의 압도적인 미모에 홀려서 너랑 사귀는 1차원적인 외모지상주의자라고."

소연이의 입가와 눈가에 순간적으로 스쳐 지나가는 희미한 미소. 됐다. 이렇게 또 하루 생존한다. 사실 소연이는 내 사탕발림에 넘어가지 않았다. 여자는 남자보다 관대한 구석이 있다. 소연이는 살아남으려고 발악하는 나의 불쌍한 모습에 기분을 풀어준 것이다. 내 경험에 따르면 어차피 말솜씨로 여자를 구워삶는 건 불가능하다. 처음부터 아첨의 내용보다는 아첨할 수밖에 없는 처지가 중요했다. 그런데 이날의 생존은 대가를 불러왔다. 소연이는 화가 풀린 걸 넘어 나와 함께 한화이글스 응원을 해주기로 했다!

그럼 좋은 것 아니냐고 되묻겠지만, 일이 커지고 말았다. 소연이가 의욕을 불태운 나머지, 우리는 2박 3일 동안 한화이글스를 응원하기로 했다. 금요일 저녁에 고속열차를 타고 대전에 도착, 야구장으로 직행해 5회부터 시합을 본다. 토요일에도 시합을 본다. 일요일에도 본 뒤 다시 열차를 타고 돌아오는 계획이었다. 일정을 잡고 나니 한 줄기 식은땀이 관자놀이를 타고 흘러내렸다.

행복 감염 사슬

대전에서 2박 3일을 보낸다는 건 결코 쉬운 일이 아니다. 대전 관광이란, 아침에 올갱이국으로 해장하고 점심에 두부 두루치기를 먹고 성심당에서 빵을 사면 끝나는 것이기 때문이다. 대전은 소문난 '노잼(재미없음)'의 도시다. 오직 야구 때문에 2박 3일이나 노잼을 견뎌야 하는데, 3연전 시리즈에서 2승 1패 이상의 성적을 가져오지 못한다면 그 여행은 파멸이다. 모든 책임은 내가 지게 될 것이었다.

위닝시리즈가 문제가 아니었다. 소연이에게 1승의 경험이라도 주어야 했다. 아내와 아이를 데리고 금요일에 광주로 내려갔던 친구의 일이 생각났다. 그때 친구의 응원팀인 기아타이거즈는 홈에서 3연패를 당했고, 친구 일가족은 3일에 걸쳐 패배의 주말을 보냈다.

3전 전패만큼은 안 된다. 3연승은 먼 세상 이야기고, 2승 1패를 바라지도 않는다. 단 1승만 해다오. 게다가 광주는 대전보다 훨씬 재밌는 도시이며 먹거리도 많다. 친구는 눈으로는 싸늘한 아내의 시선을 견뎌야 했다. 귀로는 우리 편은 착한 편이며, 착한 편은 결국 승리한다는 믿음을 가졌던 어린 아들의 비통한 울음소리를 견뎌야 했다.

예로부터 한밭야구장으로 걸어 들어가는 골목에는 아주머니들이 치킨을 튀겨 파는 노점 몇 개가 있다. 고소한 냄새를 풍기며 엎드린 치킨들을 보며 되뇌었다. 저것이 일요일 마지막 경기가 끝난 후 나의 운명인가. 소연이는 그런 내 속도 모르고 내 몸에 매달리듯 팔짱을 낀 채 발랄하게 외친다. "후라이드 먹을 거야, 양념이 좋아?"

생각했다. '소연이는 나를 후라이드로 튀길 것인

가, 양념을 입힐 것인가. 아니면 나를 후라이드 반 양념 반으로 처치할 것인가.'

"걱정 마. 내가 원래 승리 요정이야. 축구도 내가 보면 이겨. 나 올림픽 금메달 생중계 진짜 많이 봤어."

생각했다. '소연아, 일요일이 되면 너는 승리 요정에서 승리 나방 정도로 강등될 거야.'

아마 독자 여러분은 지금까지의 이야기 흐름대로라면, 3전 전패를 했을 거라고 예상할 것이다. 그런데 현실은 소설과 달라서 전개가 그렇게 매끄럽지 않다. 우리는 한 경기 이겼다. 그래도 루징시리즈 아니냐 되묻겠지만, 소연이는 그 주말에 그만 한화이글스 팬이 되고 말았다.

한화이글스 관중석이 뿜어내는 대책 없는 낙천성은 초심자를 사로잡는다. 15대 0으로 지고 있는 시합에서 1점을 내면 그저 좋아서 합창을 부르는 순진무구함. 여자는 이런 팀을 좋아한다. 남자는 강자를 동경하지만, 여자는 무해한 약자를 귀여워한다. 예를 들자면 뒤뚱거리며 점프도 제대로 못 하는 뚱뚱한 고양이를 예뻐한다. 한화이글스의 기나긴 암흑기 동안 많은 여성 팬이 유입되었다. 기존 한화이글스 팬들은 그들의 미래를 뻔히 안다.

먼저 그들은 한화이글스가 온몸으로 코미디를 펼

치며 지는 모습에 즐거워한다. 농담거리가 되는 일은 의외로 신나는 구석이 있다. 그러나 언젠가는 치명적인 순간이 온다. 기적적인 역전승이나 가뭄에 콩 나듯이 나오는 연승행진에 감동하고 나면 끝장이다. 이제 그들은 진심으로 이글스와 사랑에 빠진다. 그때부터는 패배가 전혀 즐겁지 않다. 이제 행복 사관학교에 입교해 가혹한 얼차려에 이리 구르고 저리 구를 시간이다.

소연이와 결국 헤어지고 나서도 세월은 잘만 흘렀다. 한화는 여전히 맛 좋고 몸에도 좋은 삼계탕 신세였다. 그렇게 연패행진을 하던 어느 날. 시합이 끝나고 소연이에게서 전화가 왔다. 잘 지내냐고 묻기도 전에 소연이의 분노가 내 귀를 덮쳤다.

"왜 날 한화 팬으로 만든 거야!"

"그래… 나도 오늘 시합 봤어."

그렇게 말하며 생각한다. '행복 사관학교 2학년 과정이군. 아직 멀었어.'

"14연패가 말이 돼? 나한테 설명해봐."

한화이글스의 행복은 전염병처럼 퍼진다. 독수리이든 닭이든, 조류독감처럼 새로부터 전염된다는 점은 같다. 이미 보균자인 나 같은 원조 팬이 여자친구를 감염시킨다. 소연이는 나와 헤어졌어도, 한화이글스와는 헤어지지 못한다. 소연이의 새 남자친구가 된 사람에게는 백신 접종 여부가 중요하다. 백신이란 다름 아닌 원래 다른 팀을 응원하는 것. 백신을 맞은 상태가 아니라면, 높은 확률로 조류행복에 감염된다. 행복 감염의 사슬이 얼기설기 엮인 업보의 세계에서, 나는 소연이에게 가해자다.

나는 마침내, 고개를 떨구고 말한다.

"미안하다. 내가 미안하다."

행복교의 교주들

호루라기를 문 생불

전 세계에는 현존하는 두 명의 생불(生佛, 살아있는 부처)이 있다. 한 명은 티베트의 망명 군주 달라이라마다. 다른 하나는 한화이글스의 응원단장 홍창화다. 그가 만드는 응원가와 안무는 고속도로 뽕짝의 민망한 흥겨움과 전쟁 같은 웅장함이 순 억지로 뒤섞여 있는데, 뭐라고 설명할 수 없이 묘하게 어우러진다. 잘 조합된 건지 엉망인지 도무지 알 수가 없지만, 중독성만큼은 확실히 보장한다. 어쨌거나 다른 팀 응원단이 가장 많이 모방하는 사람이라는 점에서 홍창화는 현재 한국 스포츠 리그 최고의 응원단장이다. 그는 15년이 넘는 세월 동안 한화 팬들의 절대적인 지지를 받으며 일명 '창화신'으로 불린다. 홍창화의 팬이 아닌 한화 팬은 존재하지 않는다.

홍창화식 응원은 밑도 끝도 없이 낙천적이다. 행복송도 그의 작품이다. 한화의 기나긴 잔혹사를 몽땅 함께했으면서 홍창화는 어찌 그리 신날 수 있는가. 숨만 쉬어도 엔돌핀이 폭포처럼 분비되는 행복증후군 환자인가. 아니면 도파민인가. 혹은 세로토닌? 아난다마이드? 옥시토신인가? 설마 행복 물질 전부인가! 홍창화는 한화이글스를 정말로 사랑하는 남자다. 사랑이 깊은 만큼 절망도 깊어야 할 텐데 어째서인가.

우리는 야구장에 있는 사람들의 일거수일투족이 모두 카메라에 잡히는 고도화된 미디어 시대를 사는 덕에, 홍창화의 비밀을 파헤칠 수 있다. 응원은 치어리더들에게 맡기고, 삶의 의지를 내려놓은 허망한 표정으로 축 늘어져 있는 홍창화의 사진이 인터넷에 두어 개 기록되어 있다. 다른 팀 팬들은 이 사진을 놀림감으로 쓴다. 하지만 사실은 한화 팬들이 좋아하는 사진이다. 우리의 창화신이 한화이글스를 정말로 사랑한다는 증표니까.

그렇다. 홍창화 그는 행복증후군 환자도 아니고 행복 초능력자도 아니다. 우리처럼 희노애락에 일희일비하는 하나의 인간이다. 그는 이유 없이 행복한 사람이 아니라 이유가 없어도 행복을 전달하기 위해 고군분투하는 난세의 영웅이었다. 행복 자원봉사자라는 말로는 부족하다. 행복 투사, 행복 수호성인으로 불려야 마땅하다. 홍창화는 자신이 행복하지 않아도 한화 팬들만큼은 행복하게 하려고 작곡하고 편곡하고 작사하고 춤추고 소리친다. 그의 응원은 저 혼자만 해탈하겠다고 수행하는 소승불교의 수준을 넘어섰다. 한화이글스의 팬이 된 중생을 구제하려는 대승적 행위다. 홍창화는 한국 대승불교의 역사를 계승하는 인물이다.

홍창화는 소싯적 한화이글스가 우승하기 전에는 결혼하지 않겠다고 맹세했다. 그는 2006년부터 한화의 응원단장이었다. 2006년은 한화가 한국시리즈에 진출한 해였으니 머지않아 결혼 자격증을 취득하리라 믿기에 충분했다. 그는 오래도록 미혼으로 살다가 2020년 40세의 나이에 결혼했다. 물론 한화는 2020년까지 우승한 적이 없다. 맹세를 깼지만, 한화 팬 누구도 그를 비난하지 않는다. 원효대사는 해골 물을 마시고 깨달은 후 파계했다. 결혼하고 술집 드나들고, 길거리에서 춤추고 노래하는 등 할 건 다 했다. 팬들은 같은 깨달음이 홍창화에게도 있었으려니 할 뿐이다.

우상의 몰락

홍창화는 생불이지, 교주가 아니다. 야구에 있어서 감독만 교주가 될 수 있다. 교주라는 말은 사이비 종교가

횡행하는 탓에 매우 불온하게 들린다. 신도들을 꾀어 정신적 노예로 만들고 착취할 것만 같다. 하지만 혼자 힘으로 교주가 되는 사람은 없다. 오히려 신도에 의해 구원자의 지위를 얻는다. 인간은 모든 문제를 해결해 줄 하나의 교리와 한 명의 인물을 갈구한다. 인간은 불안한 존재다. 신도는 믿음으로 불안을 밀어내기 위해 적극적으로 교주를 추종하고 그 보상으로 안도의 한숨을 얻는다.

야구가 정신건강에 해롭다는 사실은 야구팬들 사이에 정평이 나 있다. 야구팬은 온갖 통계와 지표를 들고선 분석하고 토론해가며 시합을 보기에 얼핏 합리적으로 보인다. 하지만 생각해보라. "오늘은 이기겠쥬." 이 말에 무슨 논리가 있는가? 야구팬이야말로 야구 스트레스에서 해방해줄 메시아를 갈구하는 예비 신도다. 새 감독이 선임되면 눈알을 반짝이며 구원자가 되어줄 사람인지 탐색한다. 조건이 맞는 것 같으면 재빨리 교주로 모신다. 야구에서 감독만큼 신앙의 대상이 되는 존재는 없다. 감독만큼 저주받는 존재도 없다. 믿음의 거품이 꺼지고 나면 거짓 메시아였음이 드러나니까. 돌로 쳐 죽여 마땅한 사탄이 아니겠는가.

한화이글스는 팬들도 구단도 한 명의 교주에게 모든 걸 맡기고 초롱초롱한 눈망울로 기적을 기다리는 버릇이 있다. 첫 번째 교주는 '국민 감독' 김인식이었다. 한국 언론은 그의 야구에 '믿음의 야구'라는 멋진 별명을 지어주었다. 한 번 기용하기로 한 선수는 결과가 나올 때까지 믿고 기다린다는 뜻이다. 그러나 믿음의 야구는 다시 말하면 그가 믿는 소수의 인원만 혹사하는 야구다. 김인식은 뛰어난 감독이지만 혹사가 당연시되던 시대에 야구를 배운 사람이다. 김인식은 그의 '믿음'에 걸려든 투수진을 죽도록 괴롭힌다는 뜻에서 '킬(kill)인식'이라는 별명을 얻었다.

김인식이 만년 국가대표 감독인 이유는 이미 준비된 인력 자원으로 최대의 결과를 낼줄 알아서다. 가장 잘하는 선수들만 추려 모은 팀을 그만큼 잘 지도할 사람은 없다. 그런데 한화이글스는 국가대표팀이 아니다. 프로팀은 매일 경기하는 와중에 미래도 준비해야 한다. 육성하고 관리해야 한다. 김인식은 미래를 위한 곳간이 텅 비었다는 거대한 문제를 남기고 떠났다.

국민 감독 다음은 '야왕' 한대화였다. 팬들은 야구인으로서 한 번도 한화에서 뛰어보지 않았던 교주의 자격 조건을 재빨리 찾아냈다. 아! 그는 대전에서 태어나 초중고를 모두 대전에서 졸업한 순혈 대전인이 아닌가. 선수로서, 또 지도자로서 다른 팀을 전전했던 것은 모두 고향에 돌아오기 위한 긴 여정이었음이다.

2011년, 한화가 고작 5월 한 달 동안 반짝 선전하자 팬들은 그에게 냅다 야구의 왕, 야왕이라는 존호를 바쳤다. 희망찬 2012년, 희망은 꼴찌로 변했고 야왕은 '돌대화'로 강등당했다.

다음 감독을 정할 때가 되자, 당시 감옥에 있던 우리 김승연 회장님은 옥중 결단을 내리셨다. 야왕으로 안 된다면 전설로만 전해온 영험한 코끼리를 데려와주마! 신수(神獸)가 등장했다. 장대한 체격과 완력으로 코끼리라는 별명을 가진 김응용 감독이었다. 한화 팬덤은 흥분으로 들끓어올랐다. 한국시리즈에 올라가기만 하면 우승하는 승리의 화신이 강림했다! 그는 한국 최초이자 유일하게 10회 우승을 달성한 'V10' 감독이다. 해태 시절 한국시리즈에서 이글스를 세 번이나 짓밟은 거악의 수괴인 그가 마침내 정의의 편에 귀순했다. 이제 정의가 승리할 차례. 그가 취임하자마자 선수들에게 던진 메시지는 단순명쾌했다.

"못하면 죽는다."

별 내용도 없는 심술궂은 말일 뿐이지만 팬들은 명장의 카리스마라며 열광했다. 그는 또 투수의 불안을 없애고 외야수의 좋은 경기력을 위해서라며 홈구장의 펜스까지의 거리를 114m에서 122m로 늘렸다. 당연히 팬들은 그런 것까지 생각하다니 역시 명장은 뭐가 달라도 다르다며 찬양했다. 그리고 대망의 2013시즌이 시작되었다.

첫경기 패. 괜찮다. 한화가 매년 맞는 백신이다.

3연패. 영험한 코끼리는 이제 충분한 분석을 마쳤을 것이다.

5연패. 개구리는 더 높이 뛰어오르기 위해 웅크리는 법.

8연패. 기적은 없었다.

9연패. 홍창화가 개막 10연패하면 삭발한다고 선언했다.

10연패. 선수단 전원이 삭발했다. 홍창화는 응원단장마저 삭발하면 팬들의 억장이 무너진다며 구단이 만류하는 바람에 머리의 반만 삭발해 변발한 북방 유목민이 되었다. 대신 선수들은 승려가 되어 홈구장을 사찰로 개조하는 작업을 완료했다.

12연패. 롯데의 전설적인 개막 12연패와 타이를 이루었다.

13연패. 기적은 있었다. 개막 13연패라는 신기록을 달성했다.

14경기째. 드디어 1승을 거두자 연패 강점기가 끝나고 광복을 맞은 선수와 관중들은 이글스파크를 눈물바다로 만들었다. 아니 한국시리즈 우승이라도 한 분위기가 아닌가. 창피해 죽겠다. 울긴 왜 운단 말인가. 그렇게 되뇌며 TV 중계를 보던 내 눈에도 눈물이 맺혀 있었다. 겉으로는 욕해도 실은 감동했다. 자주 이기면 질 때마다 욕먹는다. 하지만 시장이 반찬이라고, 13연패를 하고 이겨주니 선수들에게 그렇게 고마울 수가 없었다. 감독은 예외였다.

코끼리는 한 달도 안 돼 킬끼리로 강등됐다. 마른 오징어도 짜면 물이 나온다고 했던가. 이해할 수 없는 선수 운용과 혹사로 그러잖아도 리그에서 가장 얇은 선수층을 쥐어짜니 송창식, 안영명, 박정진, 윤규진 같은 투수들이 죽어 나갔다. 펜스까지의 거리가 122m로 늘어난 구장에서 한화 투수들은 여전히 홈런을 맞았고, 한화 타자들의 장타는 줄었다. 팀의 미래 대신 당장의 성적을 위해 모셔온 감독이지만 성적은 꼴찌였고 미래는 더 망가졌다. 꿩 놓치고 알 깨지고, 도랑 무너지고 가재 도망가고, 님에게 차이고 뽕나무 부러지는 마법이었다. 사자성어로 일석이조가 아니라 일석망조, 고스톱 용어로 일타쌍피가 아니라 일타쌍코피였다. 김응용도 김인식처럼 과거의 유물이었다. 1980년대에 그는 가장 선진적인 감독으로 평가받았지만 2010년대에는 아니었다.

신의 재림

왕과 전설의 동물에 이어 마침내 신이 등장했다. 별명이 무려 야구의 신, '야신' 김성근. 그는 SK와이번스를 왕조로 만들었다. 왕조 시절 SK는 3회 우승과 1회 준우승을 달성했다. 김성근은 SK 팬들의 절대적인 지지를 받았음은 물론이고, 다른 팀 팬 중에서도 무수한 신도를 거느렸다. 그의 신도는 예술계와 언론계에까지 퍼져 있었다. 김성근은 천재 중의 천재, 승리의 비밀을 아는 현자, 무공 천하제일, 야구를 하는 철학자였다. 그런 김성근이 시즌 중에 경질당했을 때, 인천에서는 소요사태가 일어났다. 문학구장 안에 불길이 피어올랐다. 전국적인 논란이 일었다. 아니, 논란은 없었다. 모두가 김성근 편이었다.

　김성근은 그를 시기 질투한 선조에 의해 고초를 겪고 백의종군한 이순신이 되었다. 김성근의 후임 감독인 이만수는 예수님을 팔아넘긴 유다로 불렸다. 그는 능력에서나 인격에서나 완벽한 사람이었다. 반대로 SK와 한국 야구계는 영웅을 알아 모시지 못하는 지저분한 정치꾼들의 집합소였다. '김성근 현상'은 선과 악의 영역을 완전히 갈라놓았다. '그런 분'이 제 대접을 받지 못하는 한국의 현실에 모두가 개탄했다. 재야에 은거하게 된 김성근의 처지는 아직도 한국이 요 모양요 꼴인 나라라는 중요한 증거 중 하나였다.

　김응용 체제가 끝나자 야신의 소환을 꿈꾸는 한화 팬들의 바람이 일렁였다. 물결은 모든 야구팬 사이로 퍼져나갔다. 애초에 한화 팬들은 믿는 구석이 있었다. 백성을 사랑하는 군주 김승연 회장이었다. 대소신료들이 뜯어말려도 다 무시하고 백성을 구제하는 임금님이 아니신가. 신하들이 말리는 덴 다 이유가 있었지만, 그때 한화 팬들은 눈이 멀었다. 마침내 팬들은 회장님의 응답을 받았다. 화끈하신 회장님, 결심하셨다. 김성근 감독 선임!

　전국이 뒤집혔다. 한화 팬들은 뒤집히다 못해 몇 바퀴 굴렀다. 김응용은 칠천량해전에서 조선 함대를 몽땅 날려 먹은 원균이었다. 이제 이순신이 백의종군을 끝내고 다시 삼도수군통제사가 되어 명량해전에서 승리할 차례다. 13척의 배로 적선 300척 이상을 물리칠 것이다. 2015시즌이 시작되자 한화는 돌풍을 일으켰다. 끈덕지게 물고 늘어져 이겨도 져도 재밌는 경기를 만들어냈다. 한화의 별명은 마리화나 같은 중독성을 자랑한다는 뜻에서 '마리한화'가 되었다. 하지만 김성근은 이순신이 아니었다.

　시간이 흐를수록 SK가 김성근과 결별한 이유가 드러났다. 그는 지나친 승리 지상주의자로, 시합 하나 하나를 이기기 위해 짜낼 수 있는 모든 자원을 짜내는 사람이었다. SK가 그를 경질했을 때 SK의 선수들은 하얗게 재만 남은 번아웃(burnout, 연료 소진) 상태였다. 구단에 풀 한 포기도 자라지 못할 지경이었다. 한화에 온 김성근은 마음에 안 드는 선수는 가차 없이 눈앞에서 치워버리고 쓸만하다고 여기는 선수들의 선수 생명을 걸레 짜듯 짜냈다. 곧 살려조라는 용어가 등장했다.

살려조는 '제발 살려줘'와 '필승조'의 합성어로 김성근이 하도 공을 던지게 하는 탓에 제발 살려달라고 아우성친 투수진이다. 권혁, 박정진, 송창식을 주축으로 하는 몇 명의 노예부대다. 권혁은 하도 공을 던진 탓에 팔꿈치에서 떨어져 나간 뼛조각이 몸 안을 여기저기 돌아다니기까지 했다. 시간이 지나자 살려조라는 말은 차라리 죽여달라는 뜻에서 '죽여조'로 바뀌었다. 다행히도 그들은 현재까지 죽지 않고 두 발로 걸어 다니고 있다고 한다. 하지만 그들의 팔은 죽었다. 현실은 김성근의 평소 신념과 달랐다. "투수의 팔은 쓰면 쓸수록 강해진다."

김성근의 전력은 13척의 배가 아니었다. 김승연 회장은 그가 원하는 선수들은 모조리 사주었다. 김성근의 소원을 들어주느라 구단은 수백억 원의 자산을 탕진했다. 그 탓에 수요공급의 원리가 적용되어 야구 시장에서 전성기가 지난 선수들의 몸값이 치솟았다. 팀의 미래는 또다시 방치되었다. 한화는 오랫동안 돈을 쓸 수 없는 가난한 팀이 되었다. 육성 포기, 금고 탕진, 선수 혹사의 대가는 오직 성적뿐이었다.

마약은 인생을 망친다. 마리한화의 대가는 참혹했다. 그토록 초가삼간을 다 태우고 남은 성적은 고작 2015년 6위, 2016년 7위, 2017년 8위였다. 야신은 신의 지위를 잃어버리고 다시 야인이 되었다. 그는 무결점의 위인이 아니었지만, 단점만으로 이루어진 사람도 아니다. 김성근에게는 남에게 없는 비범함이 분명 존재한다. 하지만 그도 장단점으로 이루어진 한 명의 '사람'이었다. 인간에게 신의 지위를 부여한 결과 한화이글스는 가장 처참하게 몰락했다.

인간적인, 너무나 인간적인

왕과 전설의 동물과 신이 쓰러진 자리에 남는 것은 인간뿐. 한화의 지휘봉은 한용덕의 손에 쥐어졌다. 그의 야구 인생을 한 마디로 줄여야 한다면 철학자 프리드리히 니체의 책 제목이 필요하다. 인간적인, 너무나 인간적인.

한용덕의 야구 인생은 영웅 서사가 아니라 '인간

극장'이다. 그의 야구는 아버지의 사업 실패와 이사에 서부터 시작한다. 한용덕은 가난한 집안에서 야구부원이 되는 죄를 저질렀다. 초등학생 때 야구를 처음 시작했지만, 체격이 왜소해 깍두기 취급이었다. 유소년 운동부의 성적은 신체 성장 정도가 큰 영향을 끼친다. 한용덕은 가난한 가정의 키 작은 아이였다.

그는 중학생 시절 왼쪽 무릎을 다쳤다. 지금처럼 스포츠 의학이 발달한 시대였다면 적절한 치료를 받았을 것이다. 그러나 한용덕은 오직 야구판에서 퇴출당하지 않겠다는 마음으로 우직하게 뛰었다. 그 결과 겨우 대학생 때 무릎 관절염에 시달리게 되었다. 그 이상 야구를 할 수 없었다. 그때는 아이러니하게도 동작에 충분한 힘을 실을 수 있을 만큼 덩치가 커져 있었다. 그런데 체중이 늘어나니 그 체중을 떠받치는 무릎의 관절염은 더 심해졌다. 시력 저하까지 그를 찾아왔다.

한용덕은 술에 의존하다가 관절염과 시력을 숨기고 군대로 도망쳤다. 이제는 하지 못하게 된 야구를 마음속에서 떨쳐내기 위해서였다. 이후 막노동과 트럭 운전으로 생계를 이어갔지만 결국 야구를 잊는 데 실패했다. 그는 헐값에 배팅 볼 투수로 이글스에 입단했다. 각각의 타자마다, 타자가 연습 삼아 치기 좋은 공을 정확히 던져주는 연습을 하다 보니 제구력을 얻게 되었다. 그리고 관절염에 시달리는 무릎으로도 가치 있는 공을 던지는 법을 연구하면서 그만의 투구 자세를 가다듬었다. 마침내 한용덕은 이글스의 선발투수가 되었다. 아니, 없어서는 안 되는 스타 선수가 되었다.

한용덕의 전성기는 짧았다. 승운도 없었고 너무 늦은 나이에 빛을 보았다. 그의 전성기 성적은 화려하지 않다. 많은 패배와 지저분한 방어율로 가득하다. 하지만 그는 인간의 열망이 어떤 힘을 가지는지, 고독한 노력이 한 인간을 어떻게 변화시키는지 증명했다. 그리고 한화이글스의 감독이 되어 마침내 '인간극장'을 완성했다.

2018년, 정규리그 성적 3위. 시즌 중에 한화 팬들이 만든 합성 이미지가 인터넷에 돌아다녔다. 빌딩만 한 크기의 닭 괴수가 도시를 파괴하고 다니는 이미지였다. 한화 팬들은 하도 닭인 채로 오래 살아서 이글(eagle)이 독수리라는 사실조차 망각한 것이다. 2018년 한용덕의 한화는 비록 가을야구에서 힘 한 번 못 쓰고 탈락했지만 '인간극장'의 '인간승리'였다. 신의 허상이 사라진 자리에 우뚝 선 한 인간의 서사였다. 상식과 인간성의 승리였다. 우리는 마침내 근대인이 되었다. 종교의 신성(神性)을 부정하고 산업혁명을 일으켰다. 바닥부터 올라온 인간승리의 주인공이 바닥에 있던 팀을 끌어올렸다. 신성은 감격을 주지만 인간성은 감동을 준다.

그러나 거기까지였다. 한용덕의 한화는 이듬해 꼴찌에서 2위, 그리고 다다음 해 다시 꼴찌로 추락했다. 2018년은 전형적인 플루크(fluke) 시즌이었다. 플루크는 원래 당구용어로, 한국에서는 일본어 잔재의 영향을 받아 '후루꾸'로 불린다. 잘못 친 공이 우연히 맞는 행운을 가리킨다. 시즌 중반 한화의 연로한 투수진은 탈진 직전이었다. 그런데 아시안게임이 끼어들어 행운의 휴식기를 가진 덕에 부활했다. 한화의 타격은 꼴찌에서 2위였다. 구기 종목 리그에서는 아무리 실점이 득점보다 많아도 승수를 쌓을 수 있다. 1:0으로 두 번 이기고 20:0으로 한번 지면 2승 1패다. 이런 행운이 우연의 우연으로 계속되면 플루크 시즌이 완성된다.

시대정신이 신성에서 인간성으로 바뀌어도 기근이 닥치면 죄다 굶어 죽을 수밖에 없다. 산업혁명을 일으키려 해도 석탄이 없으면 아무것도 할 수 없다. 곳간은 텅 비었고 논밭은 쑥대밭이 된 팀, 그것이 한화였다. 감동의 인간 드라마조차도 환상이었다. 구단과 팬들은 그제야 순위 대신 리빌딩(rebuilding, 재건)을 진지하게 생각했다. 신인 육성과 체질 개선을 위해 베네수엘라 출신인 카를로스 수베로 감독이 비행기를 타고

날아왔다. 왕, 환상의 동물, 신, 인간 다음은 외국인이
었다.

행복의 불구덩이

한화에서 감독 자리를 제안했을 때 당연히 수베로는
고민스러웠을 것이다. 중남미 출신 야구인에게 야구란
아메리카 대륙의 스포츠니까. 그에게 머나먼 이국인
한국과 일본은 가끔 한두 명씩 메이저리그에 선수를
공급하는 나라 정도였을 것이다. 한국에서 야구를 한
다는 게 어떤 의미인지 알기 위해, 수베로는 SK와이번
스 감독을 맡았던 트레이 힐만에게 조언을 구했다. 힐
만은 수베로에게 말했다.

"KBO는 수준이 높고 좋은 리그다."

한국행을 결심하는 데 힐만의 조언은 큰 힘이 되
었다고 한다. 그를 행복의 불구덩이에 빠트려 바베큐
로 만들기 위한 달콤한 거짓의 속삭임이었다. 힐만은
한국 프로야구 수준만 이야기했지, 한화이글스의 수준
은 쏙 빼놓았다. 우리는 비슷한 경우를 성경에서 볼 수
있다. 바로 에덴동산에서 뱀이 아담과 이브에게 선악
과를 권한 사건이다. 수베로와 힐만은 종교적으로 가
까운 사이다. 둘 다 개신교 침례회 신자다. 종교적인
이웃이라고 할 수 있다. 그러나 이웃을 사랑하는 척하

긴 쉬워도, 진정으로 사랑하기는 어렵다. 이웃이 사랑하기 쉬운 존재라면 마태복음 22장 39절의 말씀은 없었을 것이다.

"네 이웃을 네 몸과 같이 사랑하라."

수베로는 라틴 아메리카 남자답지 않게 술, 담배, 커피를 전혀 하지 않는 것으로 알려졌다. 어찌나 독실한지 일하지 않을 때는 언제나 가족들과 함께 시간을 보내고, 봉사와 전도 활동에도 열심이다. 수베로의 도덕적인 모습이 힐만의 마음속에 시기와 의심을 심어놓은 것이 아닐까? 그는 자신의 죄악을 멈출 수 없었으리라. 한국으로 떠나는 수베로의 뒷모습을 보며 타락이 선사하는 아찔한 쾌감에 가슴이 마구 두근거렸으리라.

힐만은 한미일 3개국에서 존경받는 야구인이다. 선악과의 달콤한 향기가 사라지자 마침내 제정신을 차렸을 것이다. '내가 무슨 짓을 한 거지?' 예상컨대 그는 하나님 앞에 무릎 꿇고 숱한 기도를 올렸으리라. "주여, 저를 용서하시고 부디 가엾은 수베로의 영혼을 구원하소서." 그러나 늦었다. 이미 수베로는 행복의 구렁텅이에 빠진 뒤였다.

수베로가 한화이글스를 이끈 2021년, 한화는 꼴

찌였다. 2022년에도 역시 꼴찌의 몫은 한화였다. 2022년 시즌 중반까지 수비로는 선수들이 행복 야구를 펼칠 때마다 얼굴을 감싸 쥐고, 소리치고, 불같이 화내기도 했다. 이때까지 그의 정신은 멀쩡했다. 하지만 2022년 언제부터인가, 그는 행복 수비가 튀어나오면 세상에서 가장 천진난만한 얼굴로 헤헤 웃기 시작했다. 그야말로 모든 걸, 그러니까 삶의 의지마저 내려놓은 자만이 지을 수 있는 백조의 깃털처럼 순수한 미소. 나도 힐만처럼 기도했다. "주여, 저 가엾은 자의 영혼을 구원하소서."

오늘의 야구

야구팬은 흔히 야구는 인생과 같다고 말한다. 그런데 야구는 인생보다 더 인생 같다. 오히려 인생에서는 무심코 복권을 샀더니 갑자기 부자가 되는 일이 일어난다. 우연히 길거리를 걸었을 뿐인데 평생을 함께할 배우자를 만나는 행운을 겪는 사람도 있다. 그런데 행운은 내가 통제할 수 없기에 행운이다. 행운은 비극과 마찬가지로 어딘가에서 날아와 내 삶에 꽂힌다. 아무리 노력해도 어느 날 갑자기 교통사고를 당해 모든 걸 잃을 수도 있다. 행운과 비극은 처음부터 내 손에 쥐어져 있지 않다.

우리가 할 수 있는 일은 행복의 가능성을 높이는 작업뿐이다. 예컨대 야구로 치면 리빌딩과 같다. 가능성일 뿐 결과는 보장되어 있지 않다. 공부든 일이든 자기계발이든 요리든, 그 무엇이든 마찬가지다. 야구엔 기적도 교주도 없다. 오늘 할 일을 하고 오늘의 행복을 누리는 것이 인간이 할 수 있는 전부다. 내일을 위해 노력한다고 해서, 내일을 살 수는 없다. 어떤 노력이든 오늘의 일이기에 할 뿐이다.

나는 20대 후반에 또래보다 훨씬 큰돈을 번 적이 있었다. 다달이 버는 돈이 친구들의 네다섯 배였다. 나는 내 벌이가 나의 능력이자 나 자신이라고 생각하는 자아도취에 빠졌다. 생활은 풍족했고 씀씀이도 컸다. 저축은 별로 생각하지 않았다. 나는 앞으로 더 많은 돈을 더 쉽게 벌 녀석이었으니까. 그렇고 그런 월급을 받으며 개미처럼 먹고 사는 사람들에 우월감을 느꼈다. 나는 뭐가 달라도 다른 사람이니까. 그때 나는 '오늘'을 살지 못했다. 앞으로 떵떵거리며 살 미래를 살았다.

내가 속했던 업계는 사양산업이 되었다. 마침 어머니가 몸져누우셨다. 새로운 환경을 따라가지 못한 업계는 모래성처럼 무너졌다. 나는 가족들과 어머니를 돌보며 급히 새로운 직장에 취직했다. 전까지 무시하던 그렇고 그런 월급을 받으며 근근이 먹고 살게 되었다. 나는 좌절했고 우울한 세월을 보냈다. 그때도 나는 '오늘'을 살지 못했다. 풍족했던 과거를 살았다.

나는 잘난 사람이 아니었다. 벌이가 좋았던 이유는 그저 우연히 좋은 시절의 풍족한 업계에 내가 속해 있었기 때문이다. 그렇다고 내가 못난 사람이 된 것도 아니었다. 수입이 1/5이 된다고 해서 내 아이큐가 떨어지거나, 키가 줄지는 않는다. 나는 여전히 나였다. 나를 둘러싼 환경이 바뀌었을 뿐이다. 꽤 오랜 시간이 지나고서야 흔들리지 않는 요령을 깨달았다.

내 사정이 남보다 좋다고 해서 내가 우월하지 않다는 사실, 내 처지가 남들만 못하다고 해서 열등하지 않다는 사실을 아는 것만으로 인간은 한결 단단해진다. 나보다 풍족을 누리는 이에게 열등감을 느끼면 손해일 뿐이다. 나보다 부족한 조건에 시달리는 사람에게 우월감을 느낄 필요도 없다. 열등감과 우월감은 상대적인 비교로 생긴다는 점에서 동전의 양면이다. 우월감을 느끼는 사람은 언제나 열등감에 시달릴 준비가 되어 있다. 우리는 인간인 이상 어느 정도는 불행할 수밖에 없지만, 불행의 양을 불필요하게 늘릴 필요는 없다.

내가 돈과 지위에 초탈했다는 얘기를 하는 게 아니다. 나도 돈과 명예를 좋아한다. 많으면 많을수록 좋다. 여러분이 이 책을 많이 사주면 큰 도움이 될 테니

참고 바란다. 하지만 미래의 결과는 세상이 결정해줄 일이다. 나는 오늘 내 원고를 쓸 뿐이다. 사실 인생은 단순하다. 어차피 나에게 주어진 건 내일의 기적이 아닌 오늘의 일상이다. 오늘엔 오늘의 야구가 있듯이.

행복으로 가는 길

수령님의 미술품

2사 만루, 시간이 멈춘 듯한 순간. 양팀 팬들의 소처럼 순진한 눈망울이 투수와 타자 사이 공간에 사로잡힌 순간. 덕아웃과 관중석, 야수, 주자들, 그야말로 모두가 숨을 죽이는 순간. 아니, 숨을 죽이지 않는다. 숨을 쉬는 것조차 잊어버렸다. 잔인하리만치 안타까운 타격 소리와 함께 타구가 힘차게 날아간다. 확신에 찬 타자의 안광이 야구장 전체를 레이저 절단기처럼 갈라버린다. 관중의 함성에 투수가 참수형을 당하듯 고개를 떨군다. 투수의 피로 흥건한 마운드만이 고요하다. 영웅이 탄생한다. 오늘의 신화가 완성된다.

영웅을 좋아하지 않는 스포츠 팬이란 그 자체로 모순적이다. 스포츠는 영웅을 찾는 놀이이며, 현대인이 애써 복원한 고대의 신화다. 이글스의 타석에는 두

173

명의 거대한 영웅이 존재한다. 첫째는 빙그레 시절, 고대 그리스 신화의 영웅 격인 장종훈이다. 비록 빙그레 이글스가 아닌 한화이글스였던 2005년에 은퇴했지만 그를 '한화 시절 선수'로 기억하는 팬은 없을 것이다. 둘째는 중세 기사도 전설의 주인공 격인 김태균이다. '현대인'인 노시환은 이 책을 쓰는 시점에선 아직 긴 여정이 남았다.

김태균은 신인 시절 자신의 선수 프로필을 직접 작성했는데, 건방지게도 별명란에 장동건이라고 적었다. 김태균은 분명 잘생겼지만, 탐욕스러운 독재자처럼 잘생겼다. 그런 점에서 김일성-김정일-김정은 3대 중 두말할 나위도 없이 김일성과 닮았다. 김정일은 못생겼고 김정은은 웅장하지 못하다. 김태균은 웅장한데, 너무 웅장한 나머지 인공적으로 만들어낸 캐릭터 같아서 귀여울 정도다. 아무튼 장동건이라니 용서할 수 없었다. 한화 팬들은 응징에 나섰다. 하지만 한화 팬은 즉각적이지 않다.

"네가 어딜 봐서 장동건이냐."

"거울 보고 정신 차리고 야구나 열심히 해라."

한화 팬은 이렇게 말하지 않는다. 반응이 느리다. 하지만 꾸준하다. 한화 팬들은 시건방진 별명을 지워버리기 위해 20년에 걸쳐 김태균에게 백 개가 넘는 별명을 지어주었다. '김수령'은 당연히 별명 목록에 들어간다. 타격 후 주루할 때 아무 이유 없이 넘어진 당일에 '김꽈당'이라는 별명이 붙었다. 2루에서 베이스에 발을 뗀 채 딴생각을 하다가 태그아웃 당한 날 '김방심'이 되었다. 하루에 4안타를 기록해도 장타가 없는 날에는 '김깔짝'이라는 별명이 추가되었다. 또 어느 날은 1루에서 견제사를 당한 적이 있는데, 아슬아슬하게 아웃당하지 않았다. 자세만 견제사를 피하는 모양새일 뿐, 제자리에서 배를 깔고 철푸덕 자빠졌고 1루 베이스 멀찌감치서 태그아웃당했다. 이날 그는 '김철푸덕'이 되었다.

김태균이 가장 싫어하는 별명은 따로 있다. 바로 '김고자'다. 그는 상대 팀 타자의 강력한 타구를 글러브가 아닌 남자의 그곳으로 포구하는 행복 수비를 펼친 적 있다. 참혹한 고통을 이겨내고 다시 일어섰을 때 그에겐 이미 고자라는 별명이 부여됐다. 김태균의 별명 중에는 '김별명'도 있다. 김태균조차 부모님이 지어주신 별명이고 본명은 김별명이라는 주장을 품고 있다. 그러나 팬들이 가장 좋아하는 김태균의 별명, 그것은 다름 아닌 김돗돔이다. 제주도에서 115kg짜리 초대형 돗돔이 잡혀 뉴스가 된 일이 있었다. 이때 한 기사의 제목이 도화선이 되었다.

김태균의 몸무게가 115kg이었던 것이다. 이 기사를 시작으로 각종 신문과 온라인, 방송에서 돗돔과 김태균을 비교해댔다. 한화 팬에게 보내는 신호였다. 한화 팬은 열광적으로 응답했다. 즉시 김태균을 김돗돔으로 부르며 언론계의 요청을 공식 승인했다.

　　나와 몸무게가 똑같은 참치가 잡힌다고 해서 내 별명이 '홍참치'가 될 일은 없다. 그런 일은 김태균을 제외하면 누구에게도 생기지 않는다. 한화 팬들이 김돗돔을 사랑하게 된 이유는 김태균 별명 짓기의 본질에 정확히 부합해서다. 그 본질이란 바로 비논리와 억지다. 야구선수와 아무런 상관없는 생선 한 마리를 갖다 붙이는 억지 춘향이야말로 김태균 별명 역사의 하이라이트로 빛날 자격이 있다. 백 개가 넘는 별명은 애초에 억지를 위한 억지다.

　　김태균은 확실히 비범한 사람이다. 술에 취하면 자기 아이큐가 540이라고 하고, 풀린 눈으로 평생 한 번도 취한 적이 없다고 하고, 바다의 수평선을 바라보며 지평선이 아름답다고 하고, 자기가 만난 모든 투수와의 대결에서 승리했다고 장담한다. 그러나 김태균은 바보가 아니다. 그는 은퇴한 후(은퇴하는 날 '김은퇴'라는 별명이 추가된 것은 물론이다) 해설자로 활동한다. 김태균의 해설은 정보량이 많고 차분하며 매우 지적이다. 그는 글도 잘 쓴다. 그런데 사람들이 그의 지성에 감탄하기가 무섭게 비범한 말을 해 혼란에 빠트린다. 예컨대 포유류를 '포젖류'라고 하면서 젖이 네 개라 포(four)젖류라고 주장하는 식이다. 그의 아이큐는 정말 540일지도 모른다.

한국 야구계에는 김석류라는 인기 아나운서가 있었다. 별명은 무려 '야구 여신'. 그는 《아이 러브 베이스볼》이라는 책을 썼는데, 이런 내용이 있다.

"야구선수와의 교제에 대해 이 기회를 빌려 못 박고 싶다. 나.는.야.구.선.수.와.연.애.하.지.않.겠.다."

김석류는 현재 결혼해서 두 딸을 키우며 잘살고 있다. 앗 그런데 남편은 누구란 말인가. 눈치채셨겠지만 김태균이다. 여기에 대해 뭐라고 할 생각은 전혀 없다. 어차피 사랑에 빠지는 건 교통사고와 같은 거니까. 다만 한화 팬들에 대해 말하자면, 그들 역시 화를 내거나 조롱하지 않는다. 한화 팬은 한참 후에 목표물에 맞도록 부메랑을 멀리 던져놓고 뒷짐을 지고 자리를 뜬다. 그러므로 오히려 김석류를 두둔한다.

"김석류는 약속을 지켰다. 김태균과 연애하지 않고 결혼만 했으니까."

사실 한화 팬이 김태균을 지지고 볶는 건 그를 사랑해서다. 한화 팬이라면 김태균의 행복 송구, 행복 포구, 행복 주루사, 행복 꽈당, 행복 철푸덕, 행복 패대기, 행복 고수레에 수백 번이나 비명을 질렀을 것이다. 그러나 김태균에 대한 사랑을 막을 수는 없다. 김태균은 욕을 가장 많이 먹은 이글스 선수일 테지만, 한화 팬은 사랑하지 않는 존재를 욕하지 않는다. 우리는 미운 사람을 아예 입에 올리지 않는다. 흉을 보고 놀리는 이유는 어디까지나 그의 존재를 계속해서 느끼고 싶어서다.

나는 김태균을 100가지 방법으로 놀릴 수 있지만, 그를 1000가지 방식으로 칭송할 수 있다. 타석을 채우는 걸 넘어 터뜨릴 것 같던 카리스마. 수령님의 후덕한 엉덩이를 흔들며 과시하던 유연함. 그 유연함 속에서 파괴적인 한 방이 나올 듯한 두근거림. 상대 투수를 아오지 탄광에 보내버리려는 수령님의 노기 띤 얼굴. 헬멧을 고쳐 쓰며 하늘을 바라볼 때 갑자기 그윽해지는, 꿈꾸는 어린아이 같은 눈빛. 굳게 다문 입술로 자신의 홈런타구를 쫓는 침착하고도 품위 있는 눈동자. 그 모든 것이 김태균이었다.

무엇보다 나는 김태균의 것보다 아름다운 스윙을 보지 못했다. 그의 스윙은 깎아 치는 스윙—위에서 아래로 양파껍질 깎듯이 내려치는 전통적인 스윙이다. 21세기 야구에서는 '재래식'이라고 불리는 방식이다. 일부 전문가들의 의견대로, 그가 자신이 선택한 방식을 고수하지 않았더라면 더 많은 타점을 올릴 수 있었는지도 모른다. 그가 은퇴한 이상 미지의 영역이다. 하지만 그는 확신을 품고 배트를 돌렸다. 완전한 확신 없이 배트 끝이 그토록 우아한 회전 궤적을 그릴 수는 없다. 그는 타격 천재라기보다는 미술의 천재에 가깝다. 이승엽은 타격의 공학자지만 김태균은 미학자다.

상대 투수를 파멸시키고 경기를 뒤집는 잔인함을 품은 아름다움—숭고한 동시에 치명적인 욕정. 스윙의 미학을 펼치기 직전, 그 짧은 순간에 김태균의 눈이 빛난다. 동물적이지만 기품이 넘치는 번득임이다. 오랜 시간 자기 무리를 지켜온 존엄한 수사자의 눈에 서린 고독한 확신이다. 그리고.

그리고, 홈런이 되기 위해 날아가는 타구는 수령님의 미사일처럼 솟구쳤다가, 어느 순간 기류에 몸을 맡기고 비행하는 콘도르처럼 서정적인 몸짓으로 잠시 하늘을 부유한다. 그러다 문득, 지상의 먹잇감을 발견한 매처럼 발톱을 세우고 맹렬히 하강한다. 하지만 최

후에는 먹잇감을 살려주기로 마음을 바꾸고 발톱을 거둔 채 관중석에 부드럽게 착지한다. 점수판이 바뀐다. 어느새 김태균은 아무 일도 일어나지 않은 표정으로 홈을 향해 베이스를 돌고 있다. 이 모든 과정의 시작과 끝을, 나는 완벽한 미술품이라고밖에는 표현할 도리가 없다.

아, 나는 김태균을 얼마나 사랑했는가. 나는 그를 어찌나 그리워하는가.

한 나무에서 피어난 꽃

한화 팬은 영웅만 좋아하지 않는다. 우리는 한결 복합적인 존재다. 한화 팬은 이글스의 신화뿐 아니라 일상에도 주목한다. 류현진은 마운드에서 소년가장의 신화를 썼다. 오선진은 내야에서 소년가장의 일상을 채웠다. 그의 응원가는 몇 번 바뀌었지만, 지극히 단순하면서도 피가 끓는 한 곡의 응원가가 그를 대표한다. 소연이는 이 응원가를 처음 듣고선 깜짝 놀랐다.

"오! 오선진 오! 오선진 오! 오선진 이글스의 오선진 오! 오선진 오! 오선진 오선진 날려버려라!"

"오빠, 저 선수 응원가는 왜 이렇게 멋있어?"

"응 소연아, 그건 바로 오선진이기 때문이야."

오선진은 이글스 팬들에게 공식적인 천재였다.

"오빠, 오빠네 팬들은 저 선수를 왜 저렇게 좋아해?"

"소연아, 그건 우리 선진이가 1루수, 2루수, 3루수, 유격수 어느 포지션으로 뛰어도 고등학생 이상의 수비를 하기 때문이야."

농담이 아니다. 한화이글스의 누구에게도 없는 능력이었다. 혼자만 할 줄 아는 일은, 혼자 독박 쓰는 게 세상 이치다. '독박육아'라는 말이 있다. 오선진은 한화의 십수 년의 암흑기 내내 행복 수비의 숭숭 뚫린 구멍을 메우기 위한 '독박수비'에 시달렸다. 외야도 아니고 내야에서 수비 포지션이 일관성 없이 바뀌는 일은 선수에게 엄청난 집중력을 요구한다. 오선진은 선수 생명의 귀한 에너지를 궂은일에 소모했다. 그 일은 전혀 돈과 명예가 되지 않았다.

오선진의 헌신은 언제나 팀을 응급처치해 살려 놓았지만, 그의 연봉을 올리는 데에는 아무 도움도 되지 않았다. 2루 수비만 잘할 줄 알아도, 국가대표급 2루수라면 스타가 된다. 오선진의 재능과 노력은 자기 자신 대신 팀에만 도움이 되었다. 또 타자는 결국 타율로 평가받는다. 오선진은 방망이가 조용한 타자였다. 그는 하필이면 타율로 잡히지 않는 희생번트만큼은 팀에서 가장 뛰어났다. 한화의 타자들은 그의 아웃으로 숱하게 진루했다. 오선진은 소년가장이었으되 눈에 띄지 않는 가장이었다.

　오선진이 행복 수비를 하지 않는 선수였다는 뜻은 아니다. 오선진도 한화이글스 선수인 이상 잊을만하면 행복 수비를 선보였다. 하지만 오선진의 실책으로 이길 경기를 지게 되었을 때 그 경기엔 '오선진의 난'이라는 별명이 붙었다. 특별한 상황이라는 뜻이다. 적어도 오선진의 실책은 한화 팬들에게 당연하게 여겨지지 않았다. 그만큼 오선진은 밥값을 했다. 아니, 정확히 말하자면 밥값이 그의 노력에 못 미쳤다. 세상에는 그처럼 손해만 보며 사는 사람들이 있다. 오선진이 아니었다면 한화이글스는 프로팀 취급도 못 받았을 것이다.

　오선진이 얼마나 홈런을 못 치냐면, 프로선수가 된 후 거의 1년에 한 번꼴로 홈런을 기록했다. 그의 홈런은 일본의 지진처럼 가끔 들이닥치는 자연재해 같은 사건이다. 그런데 2019년, 무려 연타석 홈런을 친 경기가 있다. 모두가 경악했다. 경기 후 MVP 인터뷰를 하게 된 오선진도 경악해서 남의 일인 양 말했다.

　"이런 일이 있구나 싶습니다."
　그의 인터뷰는 눈물로 끝났다.
　"부모님께서 고생하시고 계시는데…. 제가 장남인

데 여동생이 조금 있으면 결혼하거든요. 멋있는….”

오선진은 결국 말을 잇지 못했다. 멋있는 아들, 멋있는 오빠가 되고 싶었을 것이다. 그렇게 되지 못했다. 처음 데뷔했을 때 그는 뽀얀 피부와 잘생긴 이목구비, 커다란 눈망울로 ‘꽃사슴’이라는 별명으로 불리며 여성 팬들을 달고 다녔다. 어느덧 꽃사슴의 아우라는 사라졌다. 상사에 시달리는 평범한 직장인의 얼굴로 변하기까지 유망주라는 말은 잦아들고 점차 ‘노(老)망주’로 불리게 됐다.

오선진은 성공한 선수가 되지 못한 채 한화에서 삼성으로 트레이드되었다. 삼성에서 자유계약선수 자격을 얻게 된 그에게 평생 단 한 번 팀을 선택할 기회가 주어졌다. 그의 선택은 한화였다. 이글스의 처참한 내야는 그의 청춘을 송두리째 탕진했다. 오선진은 자신의 희생에도 불구하고, 아니 어쩌면 그 희생 때문에 이글스를 사랑하지 않을 수 없었다. 하지만 팀은 1년 만에 그를 롯데자이언츠에 보냈다. 리빌딩을 끝낸 한화에 더는 그의 자리가 남아 있지 않았다.

해야 할 일을 묵묵히 해냈는데도 세상의 논리에 의해 성공하지 못하는 사람이 있다. 그러나 세상은 알아주지 않아도 한화 팬은 안다. 오선진이 얼마나 멋있는 아들이자 오빠였는지는 모르겠다. 하지만 자신이 한화 팬에게 얼마나 빛나는 존재였는지는 알아주기 바란다. 앞으로도 오래도록 주황색으로 빛날 것이다. 진달래꽃이 떨어져 개나리 덤불에 내려앉았다고 개나리가 되지는 않는다. 우리는 한 나무에서 피어난 꽃들이다. 우리는 결코 남이 될 수 없는 사이다. 나는 이 사실을 아주 잘 알고 있다.

행복을 좇는 순례자

사랑과 아낌은 다르다. 아낀다는 건 보다 애틋하고 복잡한 감정이다. 한화 팬이 가장 아낀 타자, 그는 바로 김경언이다. 김경언은 외모부터 비범하다. 그의 얼굴은 〈나는 자연인이다〉에 출연한 자연인들보다 더 자연스럽다. 속세에 아무런 관심이 없는 인상이다. 김경언에게 어울리는 옷차림은 무엇인가. 누더기, 신문지, 종이박스 중 하나일 것이다. 한국의 야구인 중에서 길에 떨어진 과자 부스러기를 주워서 가장 맛있게 먹을 인상의 소유자는 김경언이다.

오해하면 안 된다. 김경언은 결코 불쾌한 인상의 소유자가 아니다. 추남은 더더욱 아니다. 미남도 아니다. 어쩌면 미남 겸 추남이다. 소연이는 처음에 김경언을 보고 어린이가 카레를 먹다가 당근을 발견한 것처럼 말했다.

"저 오빠는 생긴 게 왜 저래?"

시간이 흘러 행복에 전염되자 소연이의 말이 바뀌었다.

"저 오빠 왜 멋있어?"

김경언은 멋있다. 그는 현역 시절 많은 여성 팬에게 지지받았다. 김경언은 씻고 꾸미는 데 초연한 도사같은 얼굴이어서 오히려 가장 눈에 띈다. 보통 운동선수나 연예인들은 남들의 시선을 잡아끄는 에너지를 뿜는다. 김경언은 에너지가 플러스도 마이너스도 아니고, 정확한 중립인 0으로 느껴진다. 그는 언제나 졸린 얼굴이었다가, 가끔 예고 없이 씩 웃는다. 세상의 모든 문제를 단번에 녹여버리는 그 미소는 너무나 매혹적이다. 미소가 그려지고 사라지는 영원 같은 1초 동안, 수컷의 야성이 노을에 물든 강물처럼 부드럽게 흐른다. 미소짓는 순간의 김경언에 비견되는 미남은 지상에 존재하지 않는다.

김경언은 자신의 외모처럼 상식과 동떨어진 문제에 시달렸다. 자세다. 거의 모든, 어쩌면 모든 스포츠에 통용되는 상식이 있다. 신체적 균형, 바로 안정된 자세다. 인간은 한때 네발 동물이었지만 지금은 두 발만으로 체중과 동작을 버텨야 하는 이족보행 동물이다. 인간은 균형을 잃기 쉽기에 거꾸로 신체적 경쟁에서 균형이야말로 중요하다. 손으로 공을 던지든, 야구 배트나 테니스 라켓 같은 도구를 휘두르든, 아니면 주먹 자체를 휘두르든 근본적인 힘은 하체의 자세에서 나온다. 양궁 선수들은 일반인의 상상 이상으로 지독한 하체 훈련을 소화한다. 하체는 안정된 자세를 만든다. 동작의 시작부터 끝까지 무너지거나 쏠리지 않는 자세에서 정확하고 강한 힘이 전달된다.

김경언은 타격에 재능이 넘쳤지만 어릴 때부터 자세가 무너지는 문제를 안고 성장했다. 김경언은 전 세계에서 자세가 가장 나쁜 타자다. 하체는 엉덩방아를 찧기 직전의 엉거주춤한 자세에다가, 배트를 든 모양새는 미국 스릴러 영화를 연상케 한다. 김경언의 배트는 사이코패스 연쇄살인마가 치켜든 전기톱, 망치, 도끼처럼 들려 있다. 그리고 투수가 던진 공을 '쓰러지면서' 타격한다. 그의 타구 역시 상식을 벗어나 이상한 궤적으로 튀고 흐른다. 수많은 공을 잡으며 패턴이 입력된 수비수의 신체적 본능을 배신하며 아슬아슬한 억지 안타가 만들어진다.

김경언은 타격 자세를 바로잡기 위해 기나긴 노력을 기울였다. 그는 2011년 12월에 결혼하면서 가장이 된 책임감에, 인터뷰에서 이번에야말로 제대로 자세를 가다듬겠다고 다짐하기도 했다. 이를 악물고 노력한 끝에 2012년 반짝 비상한 시기도 있었지만, 중력의 법칙처럼 특별하지 않은 타자로 되돌아갔다. 그래도 김경언은 노력에 노력을 거듭했다.

실제의 인생은 신화적인 서사를 따라가지 않는다. 신화적 서사란 이렇다. 비범한 출생이나 재능을 지닌 아이가 태어난다. 자라면서 어떤 계기로 자신의 운명을 깨닫는다. 야구선수가 될 아이로 치면 우연한 계기로 야구를 시작하게 되거나, 야구가 너무 하고 싶어서 온갖 고생을 자처한다. 그는 야구 꿈나무로 자라나지만, 시련이 찾아온다. 영웅이 되기 위해 시련을 이겨내야만 한다. 시련을 통해 깨달음을 얻어야만 한다. 한석봉이 등잔불 꺼진 어두운 방 안에서 어머니가 떡을 썰때 글씨를 쓴 순간과 같은 극적인 장면이 있으면 더 좋다. 성공은 치열한 노력의 대가여야만 하니까. 슬프게도 인생은 영웅 서사처럼 단순하지 않다.

나는 젓가락질을 똑바로 못한다. 젓가락 두 개를 X자로 교차해 사용한다. 젓가락질 제대로 하는 거, 며칠만 연습하면 된다는 사람들이 있다. 군대에서 지휘관이 외출외박을 걸고 젓가락질 고치기 내기를 했더니 못하는 놈 없더라는 증언도 있다. 외출외박이 걸린 내기에서는 나도 며칠 만에 제대로 된 젓가락질에 성공했을 것이다. 다만 그러자면 식사가 너무 괴로워서 식사의 의미가 사라진다.

바른 젓가락질을 못하게 된 이유는 간단하다. 아버지도 X자 젓가락질을 하신다. 어머니는 바르게 하셨는데, 맏아들에게 밥상머리 교육을 할 수 없었다. 왜 젓가락질이 그 모양이라고 호통을 쳤다가는 함께 식사 중인 남편을 비난하는 꼴이다. 자식 보는 앞에서 그럴 수는 없는 노릇이 아닌가. 그래서 손재주가 비상한 나머지 알아서 젓가락질을 배운 동생과 달리 내 젓가락질은 방치되었다.

중학생 때였다. 사회시간이었다. 사회 선생님은 수업 중간에 잠깐 수다를 떠는 식으로 이 얘기 저 얘기를 하곤 했는데, 그날은 서양식 식사가 주제였다. 선생님은 양식을 먹을 때는 왼손으로 칼질을 하고 오른손으로 포크를 쓴다고 하셨다. 한국인에게 오른손을 사용해 음식을 입에 가져간다는 개념은 직관적으로 다가왔다. 그 후로 나는 선생님 말씀을 오랫동안 곱씹었다. 고등학교에 진학하면서 결심했다. '비록 젓가락질은 똑바로 못하지만, 대신 칼질은 제대로 하는 사람이 되자!'

나는 오른손잡이라 왼손으로 칼을 쓰는 일이 힘들었다. 기회도 별로 없었다. 1990년대에 경양식 집에 가서 칼과 포크를 쓴다는 건 부모님이나 친척 어르신의 은혜를 입어야만 가능했다. 하지만 칼과 포크를 사용할 저렴한 기회가 있었다. 돈가스집이었다. 우리 학교 근처의 상가 지하에는 학생들을 상대로 싸고 맛있고 푸짐한 돈가스를 파는 가게가 서너 개 있었다. 나는 거기에 갈 때마다 3년간 왼손 칼질을 연습했다.

와글와글 어깨를 붙이고 앉아 돈가스를 먹을 때, 경건한 마음으로 왼손에 칼을 쥔다. 그리고 교양 없이 오른손으로 허겁지겁 칼질하는 한심한 녀석들을 둘러본다. 고독한 선민의식을 느끼면서. 특히 오른손 칼질로 한 번에 다 썰어놓고 먹는 행위는 한심함의 극치였다. 끝까지 왼손에 칼을 쥐고 있어야 제대로 된 양식이 아닌가. 야만인들 사이에서 나는 나만의 고독한 길을 걸어갔다. 몹시도 진지한 노력이었기에 고등학교를 졸업한 이후 오른손으로 칼질을 하는 일은 너무나 힘들어졌다.

마침내 알게 되었다. 사실은 오른손으로 칼을 쓰는 게 올바른 양식 매너라는 혹독한 사실을⋯. 사회 선생님이 떠든 내용은 틀렸다. 나는 오랜 시간의 노력 끝에, 젓가락질과 칼질을 모두 못하는 사람이 되는 데 성공하고야 말았다. 이 지면을 빌어 우리 사회에 올바른 교육이 진실로 절실하다는 점, 소리 높여 외친다.

김경언의 자세 교정은 나의 칼질 연습과 같았다.

그는 얼마 안 되는 선수 생명 중 참으로 많은 시간을 교정에 매몰했다. 마침내 해도 해도 안 되는 '정상적인 자세'를 포기했다. 그리고 날아올랐다. 상식을 거부하는 자세와 스윙은 그를 한국 프로야구에서 가장 뜨거운 타자로 만들었다. 기적적인 타율, 또 결과를 내줘야 하는 순간에 터트려주는 클러치 능력은 신드롬을 일으켰다. 자세를 교정하려는 그의 '노력'엔 아무런 보상이 없었다. 오히려 그의 전성기 대부분을 앗아가기만 했다. 타고난 비상식이 그의 재능이었으므로.

한화 팬들은 스포츠 역학을 배신하는 김경언의 타격을 '법력(法力)타'로 부르며 찬양했다. 그는 은둔 고수, 무림 제일인자로 통했다. 그의 타격은 스포츠가 아니라 무공이었으니까. 김성근 감독을 따라 한화이글스에 온 일본인 코치들은 김경언을 '사무라이'라고 불렀다. 그는 자신의 검술 유파를 스스로 창시한 사무라이였다. 머나먼 길을 돌고 돌아 되찾은 김경언의 전성기는 짧았다. 그 시간 동안, 한화 팬은 그를 누구보다 사랑했다. 물론 지금도 사랑한다. 그리고 앞으로도.

한화 팬들이 김경언을 사랑하는 이유는 노력이 재능을 허비하게 한 비극을 동정해서가 아니다. 아까워해서도 아니다. 인생의 아이러니가 담겨 있기 때문이다. 당장 나부터 지금 이 글을 유쾌한 기분으로 쓰고 있다. 그가 짧은 기간만이라도 자신의 타고난 진가를 발휘할 만큼 불운하지 않았기 때문만은 아니다. 김경언의 선수 생활이 달고 쓴 삶의 모순을 담고 있기에 한화 팬은 그를 미소지으며 그를 추억한다. 그만큼 멋들어진 미소를 지을 수는 없을지라도.

　삼성라이온즈의 이승엽은 "노력은 배신하지 않는다."는 말을 사랑했다. 여러 번 입에 담았던, 그의 선수 시절 헬멧 안쪽에 쓰여 있던 말이다. 그렇지 않다. 노력도 게으름처럼 인간을 배신한다. 그러나 인간은 주어진 환경에서 최선이라고 생각되는 노력을 하지 않을 수 없다. 인간이 할 수 있는 일은 눈앞에 보이는 길을 걷는 것뿐이다. 행복으로 가는 길이라는 보장은 없다. 그러나 선택은 두 가지다. 길을 걷느냐, 주저앉느냐. 어차피 삶은 무언가 해보라고 주어졌다. 그러므로 우리는 걷는다.

　행복으로 가는 길이 어떤 결과로 끝날지는 모른다. 김태균처럼 화려한 성공일 수도 있다. 오선진처럼 조용한 희생으로 종료될 수도 있다. 김경언처럼 인생의 아이러니를 담은 고급 문학이 될 수도 있다. 그러나 당신을 기다리는 결과와 만나기 위해서는 어떻게든 걸어야만 한다. 이 길이 아마도, 행복으로 가는 길이라 믿는 채로.

행복해질 결심

서울시 강동구 상일동 주공아파트 7단지는 지금 재개발로 흔적도 없이 사라졌다. 나는 717동 503호에서 초등학교와 중학교, 고등학교를 졸업했다. 거기서 대학에 입학했고 군대로 떠났다. 전역하고 돌아온 집도 503호다. 이 집에서 나는 두 가지 음악을 들었다.

하나는 클래식 음악이다. 나는 주구장창 베토벤을 들으며 중고등학교 시절을 보냈는데, 고급스러운 취향을 타고나서가 아니라 순전히 우연 때문이다. 부모님께서 중학교 입학 선물로 금성 라디오 카세트를 사주셨는데, 증정품으로 카세트 테이프 두 개가 딸려 왔다. 하나는 비발디의 바이올린 협주곡 〈사계〉, 하나는 베토벤 6번 교향곡 〈전원〉이었다. 그때 '내가 소유한 음원'은 그 둘뿐이었으므로, 나는 자연스레 사계와 전원을 반복해서 들었다. 비발디는 훌륭한 사람이었지만 한 명의 노예를 걸고 벌인 싸움에서 베토벤의 적수가 되지는 못했다. 나는 베토벤의 충직한 노예가 되었다.

다른 하나는 색소폰이다. 음악이 아니라 소음이라고 해야 공정하다. 언제부터인가, 어디선가 서양 관악기를 연습하는 소리가 들려오기 시작했다. 무슨 이유에서인지 누군가 야외에서 관악기를 불어대는 거였다. 왜 관악기라고 하느냐면 그걸 너무 못 부는 나머지 무슨 악기인지 알 수가 없었다. 솔직히 악기가 맞는지도 의심스러웠다. 확실한 건 대단히 시끄러웠다는 점이다. 나중에 동서양의 많은 관악기가 전쟁용 군악에서 유래했다는 이야기를 들었을 때 전혀 놀랍지 않았다. 전투의 소음을 뚫고 아군 병사들에게 신호를 전달하고도 남을 소리였다.

"뿌! 뿜! 뿌우"하는 그 소리에 비하면 자동차 경적은 양반이다. 경적은 무감정한 기계음이라 차라리 덜 괴롭다. 하지만 그의 악기 소리는 조금이라도 잘 불고자 노력하는 탓에, 갑갑한 감정을 불러일으키는 복합적인 소음이었다. 717동과 상일동 주택가 사이에는, 요즘엔 '근린공원'이라고 불리는 동네 야산이 있었다. 이곳이 그의 주 연습장이었다. 하지만 다른 곳에서도 종종 연습의 소음이 들려오곤 했다. 몇 개월 동안 쉬지 않고 하루에 한 번 이상 들려온 적도 있다. 보름쯤 들리지 않다가도, 잊을 만하면 다시 연습이 시작되곤 했다. 15년이 넘는 세월 동안 말이다!

　당시는 방음 처리된 실내가 희귀하기도 했고, 주민들이 소음에 워낙 관대하기도 했다. 정확히 말하자면 소음의 원인을 제거해야겠다는 발상 자체가 없던 시절이었다. 요즘 같았으면 그는 동네 밖으로 쫓겨났을 것이다. 상일동 최대의 불가사의인 그는 누구인가. 집에서도 길에서도, 어째서 소리만 내고 자신은 정체를 드러내지 않는가. 나는 초등학생일 때부터 대학을 졸업할 때까지 그의 악기 소리를 들었으되 그를 한 번도 보지 못했다. 그는 과연 존재하는 인간이 맞는가. 소음의 신일 수도 있지 않을까? 음악에 재능 없는 사람들의 수호신인가? 나의 환청일 수도 있지 않을까? 하지만 나만 들은 소리가 아니다. 우리 가족도 들었고 다른 집도 들었다.

　음악에 재능이 일도 없는 사람이 그렇게까지 열정을 불태우며 음악과 마주할 수 있다니 신비롭기 그지없다. 중학교 2학년이 되자 비로소 문제의 관악기가 색소폰쯤 되겠다고 판단할 수 있었다. 고등학교를 졸업할 때가 되자 집중해서 들으면 어떤 곡을 연주하는지 알 수 있었다. 미지의 색소폰 주자가 가장 자주 연습한 곡은 〈고향의 봄〉이었다. 원작자 이원수 시인과 작곡자인 홍난파 선생이 들었다면 엎드려뻗쳐를 시킨

후 색소폰으로 때렸을 것이다.

처음에 나는 제발 그만 좀 하라는 심정이었다.

중학생이 된 나는 소음보다는 음악을 들을 수 있도록 그가 빨리 실력을 키워주기 바랐다.

고등학생이 된 나는 관악기 소음에 아무렇지 않은 사람이 되었다. 밤이 되면 하늘이 어두워지는 것처럼 당연했다. 그런데 오랫동안 소리가 들려오지 않으면 불안해졌다.

성인이 된 나는 색소폰 소음이 나도 그만, 안 나도 그만인 해탈의 경지에 올랐다. 정말로 아무렇지 않았다.

2010년 남아공 월드컵에서 줄루족의 악기인 부부젤라가 세계를 강타했다. 사람들은 그때껏 들어본 악기 중에 최악의 소음이라며 호들갑을 떨어댔다. 유럽 관중들은 강력히 반발했고 전 세계의 시청자들까지 괴로움을 호소했다. 색소폰 소리에 단련된 내겐 가소로웠다. '저 정도 악기에 고통스러워하다니 인류는 퍽 나약하군.'

나는 20대 중반까지 상일동 외곽을 가로지르는 고덕천의 뚝방을 산책하는 습관이 있었다. 산책에는 나만의 규칙이 있었다. 베토벤 교향곡 하나를 처음부터 끝까지 듣기 전까지 걸음을 멈추지 않는 것이다. 중간에 설 수는 있지만, 악장과 악장 사이에만 가능하다. 악장이 끝나면 다음 악장을 재생하기 전에 딴청을 피우는 식이다. 산책의 파트너는 워크맨에서 MP3플레이어로, 그다음에는 스마트폰으로 바뀌었다. 그러는 동안 나는 언제부터인가 색소폰 소리를 듣지 못하게 되었다. 이후 나는 해외와 국내를 오가며 살았고 부모님도 다른 지역으로 이사 가셨다. 나는 미지의 색소폰 주자를 잊었지만, 완전히 잊지는 못했다.

아주 가끔, 아마도 일 년에 두 번쯤 불현듯 생각났다. 그 사람은 누구일까. 지금도 색소폰을 연습하고 있을까. 그러던 어느 날 나는 여전히 상일동에 사는 친구의 집에서 잤다. 이른 아침에 친구보다 먼저 눈을 뜨자 고덕천을 산책하던 시절이 떠올랐다. 고덕천에는 새벽 안개가 자욱이 깔려 있었다. 베토벤 7번 교향곡을 들으며 시멘트 굴다리가 보이는 곳까지 걸어갔다. 악장과 악장 사이, 음악이 끊긴 순간.

익숙한 색소폰 소리가 들려왔다.

단박에 알았다. 그 사람이다. 다른 사람일 수가 없다. 그의 소리다. 마침내 그날, 나는 그를 발견했다. 나이 지긋한 신사분이 굴다리 아래 짙은 안개에 수줍게 몸을 숨긴 채, 고개를 숙이고 색소폰을 연주하고 있었다. 눈을 지그시 감고 음악의 아름다움과 자신의 연주에 심취해 있던 그를 조금도 방해할 수 없었다. 가까이 갈 생각도 할 수 없었다. 먼발치에서 바라보고 듣는 일 외에는 아무것도 할 수 없었다. 그는 멈추거나 실수하지 않고 〈고향의 봄〉을 끝까지 연주했다.

마침내 그는 해냈다. 복받치는 감동을 참느라 굳게 쥔 주먹이 부들부들 떨렸다. 〈고향의 봄〉이 끝난 후, 그에게 들키지 않기 위해 조용히 자리를 떠났다. 그와 충분히 멀어지고 나서야 숨을 크게 몰아쉬었다. 여전히 심장이 쿵쾅거렸다. 나는 많은 음악 공연을 다녔지만, 그보다 감동적인 연주를 들은 적은 없다. 그를 본 건 처음이자 마지막이었다. 하지만 한 번으로 충분하다.

한화이글스의 우승은 미지의 색소폰 주자처럼 다가올 것이다. 나는 얼마든지 기다릴 수 있다. 이글스의 우승뿐 아니라 삶의 다른 모든 결과도, 나는 기다릴 수밖에 없다. 마침내 행복이 있을까. 이 모든 고민과 인내의 끝에 넉넉한 보상이 기다리고 있을까. 우주는 알려주지 않는다. 결과의 크기와 시기를 미리 안다면 인간은 살아갈 수 없을지도 모른다. 〈고향의 봄〉을 연주하기까지 20년이 걸린다는 걸 알았다면 그는 색소폰을 시작하기 어려웠을 것이다.

행복으로 가는 길은 없다. 없는 길을 선택할 수는

없다. 어떤 길도 행복의 길이 아니고, 모든 길이 행복으로 향한다. 주어진 길을 걸을 뿐이다. 행복과 불행 어느 쪽이든 결과는 주어질 것이다. 대신 우리에겐 행복해질 결심을 내릴 자유가 있다. 우리는 주체적 의지로 인해 걷는다. 걷다 보면 당신은 받아들이고 품고 삼켜야만 할 결과와 마주할 것이다. 거기에 마침내 당신의 색소폰 주자가 있을 것이다.

한화이글스 용어 일람

ㄱ

고산병 약팀의 순위가 일시적으로 올라갈 때 팬들이 우승을 망상하는 병. 순위가 제자리로 내려오면 별다른 처방 없이 낫는다.

꼴칙 꼴등 한화이글스. '꼴등 치킨'의 준말.

ㄴ

나는 행복합니다 윤향기의 노래 제목. 한화이글스의 대표 응원가로 18:0으로 지다가 한 점만 내도 구장에 우렁차게 울려 퍼진다. 일명 행복송.

ㄷ

다이너마이트 타선 한때 다이너마이트 같은 폭발력이 있었다고 하는 이글스의 타선으로 현재는 구전설화로만 전해진다.

답이 없는 한화의 수비 한화이글스의 한 경기 실책 하이라이트 영상의 제목으로 등장, 곧 인터넷 관용어가 되었다. 자매품으로 '아차! 잊고 있었던 한화의 실력', '갈수록 진화하는 한화의 패배 방법', '화나는 매일져리그' 등이 있다.

대첩 야구에서 대첩은 양 팀의 실책과 투수진 붕괴로 서로 지나치게 많은 점수를 주고받는 특수한 경기를 말한다.

ㄹ

류패패패패 에이스 류현진이 등판할 때만 이기고 나머지 경기는 모두 지던 현상. '1류 4패' 현상이 무려 세 번 연속 이어진 적도 있다.

ㅁ

마리한화 마약처럼 흥분시키는 야구를 했던 김성근 감독 시절의 한화이글스. 그러나 유망주 자원은 고갈됐으며 선수단은 탈진함으로써 마약복용의 대가는 혹독하다는 윤리적인 결말을 맞았다.

메이저리그 사관학교 한화이글스. 지옥 같은 한화 마운드에서 살아남은 투수라면 경쟁력이 있다. 용병들 중에 이렇게 지옥에서 살아돌아온 실력으로 메이저리그에 입성하는 사건이 종종 발생한다.

멘탈 사관학교 한화이글스. 다른 팀은 수비수가 투수를 도와주지만, 한화이글스의 수비수는 상대 타선과 함께 같은 편 투수를 협공한다. 협공에서 살아남으면 강인한 정신력을 지닌 초인으로 성장한다. 니체가 말한 위버멘쉬(초인)와 맥락을 같이 한다.

ㅂ

보살 한화이글스의 팬들.
부처 한화이글스의 팬들.

ㅅ

살려조 김성근 감독에게 혹사당한 한화이글스 불펜 투수진. '살려줘'와 '필승조'의 합성어. 다행히 그들은 목숨만은 살아남아 지금도 산 채로 걸어 다니기는 한다.
삼계탕 한화이글스. 다른 팀들의 몸보신을 돕는다.

ㅇ

야신 야구의 신. 전 한화이글스 감독인 김성근의 별명.
야왕 야구의 제왕. 팬들이 한대화 전 한화이글스 감독을 칭송하며 부른 말.
약념치킨 약물을 복용한 선수가 적발되었을 때의 한화이글스.

엘칙라시코 한화이글스와 LG트윈스의 대첩. 보통 한
화이글스의 패배로 끝난다. 원조는 LG트윈스와 롯데
자이언츠의 대첩인 '엘꼴라시코'이다.

열반 한화이글스 팬의 죽음.

정말 수준 낮은 경기 이순철 해설위원이 한화이글스의
경기를 중계하면서 한 말.

조류대전 닭과 갈매기의 대결이라는 뜻으로 한화이글
스와 롯데자이언츠의 시합을 일컫는다.

조류동맹 한화이글스와 롯데자이언츠의 동맹. 순위표
밑바닥에 사이좋게 붙어 있을 때 자동적으로 결성되
는 동맹이다.

죄가많아 오늘도 지고 있을 때 관중이 '최강한화'를 외
치면 들리는 소리.

지옥 한자로는 地獄, 영어로는 hell.

1) 죄를 짓거나 악한 사람이 죽어서 간다는 곳. 그 묘
사는 대개 유사하다. 악인이 고통받는 내세의 장소.

2) 한화이글스의 마운드. 투수들이 살아서 가는 곳.
죄 없는 투수가 고통받는 현세의 장소.

창화신 한화이글스의 응원단장인 홍창화. 달라이라마와 함께 세계에 현존하는 생불.

최강한화 한화이글스의 응원구호이자 한국 프로야구(KBO)를 대표하는 농담.

칰 한화이글스. '치킨'의 준말.

칰니폼 한화이글스 유니폼.

칰런트 한화이글스 운영 사무국(프런트 오피스)으로 영역 동물인 칰무원들이 장악한 소굴. 칰런트와 칰무원의 관계는 두더지와 땅굴, 웅녀와 동굴, 고양이와 종이 박스의 관계와 같다.

칰린이 칰+어린이. 부모에 의해 한화이글스로 강제 출가한 동자승.

칰무원 한화이글스의 코치 및 관계자들로 공무원처럼 절대 잘리지 않는 강인한 생명력을 지녔다. 단 생명력만 강해 보인다.

칰벤저스 칰+어벤저스. 한화이글스가 어쩌다 이겼을 때 팬들이 선수들을 영웅으로 대우해 부르는 말. 다음날 지면서 자연스럽게 해산된다.

칰비록 아직 존재하지 않지만, 누군가는 써야 할 미래의 책. 조선의 재상이었던 류성룡은 피를 토하는 심정으로 조국이 다시는 같은 비극을 겪지 않기를 바라는 마음에서 임진왜란 수기인 《징비록》을 집필했다. 《칙비록》은 어떻게 하면 한 야구팀이 15년 넘게 망하는지 알려주는 가슴 저미는 반면교사가 될 것이다.

칙어리더 한화이글스 응원단의 치어리더.

칙적화 1) 잘생긴 선수들이 한화이글스에 입단 후 못생겨지거나 머리가 벗겨지는 생물 진화 현상.

2) 뛰어난 야수들이 한화이글스 이적 후 행복 수비를 펼치게 되는 환경적응과정. 칙적화는 진화론을 뒷받침하는 중요한 사례로 기능한다.

칙칼코마니 공 하나를 두고 두 명의 한화이글스 수비수가 충돌하며 데칼코마니 같은 좌우대칭을 이루는 자연 현상.

칙풍당당 어쩌다 이긴 날 한화이글스 팬들의 태도. 다음날 지면서 자연스럽게 안정을 되찾는다.

킬끼리 한화이글스 투수진을 죽여대던 김응용 감독. 참고로 김응용의 별명이 코끼리다.

킬성근 한화이글스 투수진을 죽여대던 김성근 감독.

킬인식 한화이글스 투수진을 죽여대던 김인식 감독.

ㅌ

탑돞 잘할 때의 한화이글스. 꼴찜과 반대로 '일등 독수
리'라는 뜻이다. 현실은 일등은커녕 10위에서 9위가
된다든지, 8연패 후 2승 1패를 한다든지 조금만 잘해
도 탑돞이라고 불린다.

탑칰 탑돞과 같은 뜻.

ㅍ

푸른 한화 푸른색 유니폼의 삼성라이온즈가 어째서인
지 실책을 연발할 때 부르는 말. 삼성은 전통적으로
수비에 강한 팀이다.

ㅎ

해탈 오랫동안 한화이글스를 응원하는 수행을 감내한
끝에 다가오는 깨달음. 해탈을 통해 정각자(正覺者)
가 되면 1승이 아니라 1점을 응원하게 된다. 팀이 지
고 있어도 활짝 웃는 부작용을 수반한다.

행복 한화이글스 팬들의 주된 감정.

행복사(死) 한화이글스 팬들이 행복에 못 이겨 죽을 지
경이 되는 현상.

행복 수비 한화이글스의 수비로, 다른 프로팀의 야구
에서는 볼 수 없는 행복을 제공하는 실책. 한화이글

스는 외국인 투수와 계약할 때 행복 수비 영상을 보여주지 않는다고 한다.

행복 야구 한화이글스의 야구.

행복 주루 한화이글스의 주루 플레이로, 상대팀에 대가 없는 아웃을 기부한다.

행복 트레이드 선수들을 거래할 때 상대팀에 큰 행복을 선사하는 한화이글스 특유의 호구짓 트레이드.

호수프레 호수비와 코스프레(창작물 캐릭터의 의상 따라 입기)의 합성어로 크게 두 가지 경우로 나뉜다.
  1) 평범한 수비인데도 야수의 몸동작이 느려 공을 아슬아슬하게 잡아 호수비처럼 보이는 착시 현상.
  2) 평범한 수비인데도 해당 야수가 자랑스러운 나머지 의기양양한 얼굴이 되는 임상심리 사례. 호수프레 분야에서 한화이글스 야수진은 최고의 권위를 자랑한다.

화나이글스 팬들을 화나게 하는 한화이글스.

회장님 한화그룹의 총수인 김승연 회장.

A ~ Z

BBT Bad baseball team(나쁜 야구팀). 한화이글스의 전 용병투수 대나 이브랜드가 한화이글스를 가리켜 "그 팀은 너무 나쁜 팀"이라고 말한 데서 유래했다.

Hanhwa Chickens 미국 언론의 기사에 등장한 한화이
글스의 별명.

행복이 이글이글

초판 1쇄 2024년 6월 25일 발행

지은이 홍대선
펴낸이 김현종
출판본부장 배소라 **책임편집** 진용주 **디자인** 조주희
마케팅 최재희 안형태 신재철 김예리 **경영지원** 박정아

펴낸곳 (주)메디치미디어
출판등록 2008년 8월 20일 제300-2008-76호
주소 서울특별시 중구 중림로7길 4, 3층
전화 02-735-3308 **팩스** 02-735-3309
이메일 medici@medicimedia.co.kr **홈페이지** medicimedia.co.kr
페이스북 medicimedia **인스타그램** medicimedia

© 홍대선, 2024

ISBN 979-11-5706-355-0 (03810)